Gedanken im Herbst fließen
anders als im Sommer. Manchmal
ist aber nicht ganz eindeutig in
welche Richtung ...

W. Schulz

WINTERLEBEN

Ole West / Wilfried Schulz

Tag für Tag: Ein Seh-, Koch- und Lesebuch

„Im Winter ist viel Platz für Erinnerungen..."
Wilfried Schulz, 12. November

Wir gehen in den Winter, voll der Sonne des Sommers.
Wir haben Sonne und Wärme getankt,
sind bereit, die Dunkelheit und Kälte zu empfangen.
Dieses Buch ist ein Spaziergang durch den Winter,
wie ich ihn kenne und mag.
Lass sie kommen die Gedanken, Erinnerungen und Träume,
ich nehme sie an und auf.
Und wenn es mir im Winter zu dunkel und kalt wird?
Das leckere Essen am Abend, allein oder mit Freunden,
das Bild, das aufmerksam betrachtet werden will,
bringen mich der Helligkeit wieder ein Stück näher.

Elke West

O Menschen... Ihr seid so elend, weil ihr immer alles verstehen wollt.
Es ist aber nicht möglich, immer alles zu verstehen.
Dies könnte ein Engel denken, der auf einem Theatervorhang sitzt.

Manchmal denke ich, ich verliere die Zeit. Bin eine Treppe hinunterge-
gangen, die ich vor 30 Jahren hinunterging. Eine alte, vergraute Stein-
treppe, die schon vor 30 Jahren alt war. Sitze unter zwei hohen Plata-
nen, die ein dichtes Dach bilden. Ein schützendes, breites Blätterdach,

das den Lärm der Stadt fernhält. Ich kann mich nicht erinnern, diese Bäume jemals zuvor gesehen zu haben. Ich müsste sie gesehen haben. Aber ich weiß es nicht mehr.

Herbst. Ein ganz leichter Wind. Vereinzelt gelbe Blätter, der Himmel ist grau, manchmal blau. Ein kühles herbstliches Blau, dem nicht zu trauen ist. Es ist fahl und schwach.

2. OKTOBER

Noch fällt Sommerregen. Matte Tropfen. Knisternde und weich fließende Geräusche von Blättern, die bald nicht mehr sein werden. Eine Morgenstunde, die schwer atmet.

3. OKTOBER

Françoise Sagan ist gestorben. Mit 67. Es heißt, sie habe ihr Leben in vollen Zügen gelebt. Die letzte Ohnmacht.

„Was ich wirklich widerlich finde, ist, eines Tages zu sterben. Erst kriegt man lauter Geschenke, das Leben, die Bäume, die Sonne, den Frühling, die Kinder, und man weiß genau, dass es eines Tages wieder genommen wird. Das ist nicht recht, das ist nicht ehrlich. Und daher kommt zum großen Teil meine Verzweiflung."

Der 3. Oktober kommt als Sommertag daher. Sonne, strahlend blauer Himmel, es ist warm. In der Luft aber doch auch herbstlicher Geruch von Pilzen, Stroh und Hausbrand.

Spaghetti mit Pfifferlingen

Pfifferlinge ganz klein schneiden. Vorsicht, das dauert, weil Pfifferlinge in der Regel sehr sandig sind. Nicht waschen! Pfifferlinge mischen mit klein-geschnittenem frischen Knoblauch und Chili - Menge nach Geschmack. Im Wok in heißem Basilikum-Olivenöl dünsten, viel frisches Basilikum dazu, mit Fleur de Sel salzen. Dazu Spaghetti.

4. OKTOBER

Dunkle Morgenstunden. Erst kurz vor Sieben wird es etwas heller, die Bäume lösen sich aus ihrer nächtlichen Umklammerung. Die sichere Hoffnung, dass das Leben eines Tages wieder länger wird. Der Tag ist fern.

Neulich im Okt./Nov. ...

5. OKTOBER

23 Grad. Was für ein Herbst. Auf einer Wiese stehen zwei Störche, die es wohl nicht in den Süden geschafft haben. Am Abend ein heftiges Gewitter. Ich betaste meinen Kopf, der sich fremd anfühlt. Das ist nicht mein Kopf. Vor mir liegt ein Blatt von einem Kirschbaum. Braun, ange-fressen. Beschaue meine linke Hand. Auch gelb. Gebirgig. Haarig. Großporig. Falten in Bewegung. Wie Sandwellen in der Wüste. Glatte, abgeschabte Innenflächen. Manchmal denke ich, sie ist mir fremd. Bedeutete die linke Hand bei Sehern Vergangenheit oder Zukunft? Lebenslinien. Wenn das ganze Leben eine Linie wäre.

Kürbiskern-Lasagne

Ca. 150 g Kürbiskerne, Basilikum, ein Bund Rucola, 3 - 5 EL Olivenöl, Salz, Pfeffer und etwas Curry in der Küchenmaschine pürieren. Das Pürierte abwechselnd mit Lasagneblättern schichten, oben 4 Scheiben kräftigen Käse und Kürbiskerne. Mit einem Becher Sahne und einem Becher Gemüsebrühe übergießen, in den Ofen, 45 Minuten bei 175 Grad.

Zwei-Schüssel-Salat

Kartoffeln je nach Größe sechsteln oder achteln. Kochen. Reichlich Salbei-blätter in Olivenöl anschmoren, Salbeiblätter entfernen, Kürbiskerne im Öl schmoren. In einer flachen Salatschüssel ein Bett aus klein geschnittenen Tomaten bereiten, darauf klein geschnittenen Rucola. Pfeffer, Salz, etwas Zucker. Darauf die Kürbiskerne mit Salbeiöl und Balsamico. Die gekochten Kartoffeln mit Mozzarella mischen, mit Kräutersalz würzen. In zwei Schüsseln servieren, hat den Vorteil, dass sich jeder von jedem so viel nehmen kann, wie er möchte.

6. OKTOBER

Manchmal denke ich, man genießt das Leben nicht angemessen. So wie es daherkommt. Schön, traurig, wild, öde.

Auf dem Rasen liegt ein Gartenschlauch, vergessen. Ein altes Marmela-denglas, Blätter vom Ahorn, ein zerbissener Lederfußball. Violette Astern, in allen Farbschattierungen, am Rasenrand zwischen gelber Sonnenbraut. Vielleicht müsste der Rasen gemäht werden, ein letztes Mal vor dem Winter. In der Luft winzige Fluginsekten. Und die letzten Gänseblümchen, zartweiß wie kommender Schnee...

Keine Melancholie bitte
— der Herbst ist golden
(NOCH)

7. OKTOBER

Atempause, Stillstand. Noch 10 Grad, kein Blatt fällt. Ist das, heute, der goldene Oktober? In einem Bestattungswagen sitzen Fahrer und Beifahrer und lachen. Komisch. Über den Himmel stolpern ein paar Wolken, weißlich, ins Grau ziehend. Gemächlich. Wie Züge beim Einlaufen in einen Bahnhof. Eine einzelne Taube tippelt nach ihrem Plan über einen Bahnsteig, ihr Plan heißt Fressen. Man müsste Kekskrümel werfen und nachvollziehen, welchen Weg die Taube beim Krümelpicken nimmt. Gehen andere Tauben andere Wege? Nähme diese Taube an zwei aufeinander folgenden Tagen identische Wege? Was beeinflusst die Taube mit welcher Wirkung? Reagieren alle Tauben gleich? Und welchen Sinn machte dieses Forschungsinteresse... Der Blick aus einem Zug ist wie ein Film, abwechslungsreich, spannend. Da verschwindet die Landschaft für wenige Sekunden, weil Bäume und Büsche auf einer Böschung hoch wachsen, sich an die Gleise drängen. Auf den Feldern: noch Zuckerrüben, dick und grün; mehrheitlich aber braun und abgeerntet, strunkig; drei Pferde, aneinander geköpft, still. Zeitlos, ohne Zeit.

Zwei Pürierte

Einen mittelgroßen Hokkaido-Kürbis klein schneiden und in Gemüsebrühe weich kochen, mit Salz und Pfeffer in der Küchenmaschine pürieren, zurück in die Brühe und mit einem kräftigen Schuss Sherry sanft erhitzen. Fünf große Kartoffeln klein schneiden und weich kochen, mit Sahne pürieren. Eine reiche Hand voll nicht zu klein geschnittener Salbeiblätter in viel Olivenöl knusprig dünsten, dazu Kräutersalz. Folgendermaßen servieren: erst Kartoffelpüree, darauf Kürbispüree, darauf dann Salbei und Olivenöl.

Am Morgen sah es kurz nach Regen aus, der sich dann aber verzog. Ruhiges Wetter.

Der Papst sagt, dass sich das Böse in bestimmten menschlichen Situationen als nützlich erweisen könne, indem es nämlich Möglichkeiten zum Guten schafft. Ja, doch... Derartige Gedanken gehen von der nicht hinterfragten Voraussetzung aus, dass es das Böse gibt. Nein. Es gibt weder gut noch böse. Gut und böse sind menschliche Erfindungen, kein Gut an sich. Was genau könnte das Böse sein? Ist der Löwe böse, weil er die Antilope schlägt und frisst? War der menschfressende katholische Inquisitor gut, weil er zu seiner Zeit die herrschende religiöse Ideologie vertrat? Der Mensch hat Regeln aufgestellt, um sein Zusammenleben nach bestimmten, sich zeitlich ändernden Vorstellungen ordnen zu können. Was dabei gut und böse ist, entscheidet die Gegenwart. Und selbst die hat keine einheitliche, weltweit einheitliche Vorstellung von gut und böse. Wir neigen dazu, gut mit richtig gleichzusetzen - ganz im Sinne der herrschenden moralischen Grundlegung in unserer eigenen Gesellschaft.

Ist das Böse dem Teufel gleich? Vom Teufel spricht man nur noch ungern, er ist zu persönlich, Horn und Hinkefuß. Aber er trifft es. Er ist menschengemacht, eine Figur, der man alles Unsoziale, Grausame, alles Übel zuschieben kann. Das Böse ist die Abweichung von der Norm, so lange die Abweichung nicht selbst zur Norm wird.

Die Erfindung des Guten, das ist die menschliche Leistung an sich, das menschliche Gut. Wobei das Gute immer wieder neu gedacht und neu bestimmt sein will. Wenn Massaker normal sind, kann mit dem Denken irgendetwas nicht stimmen.

9. OKTOBER

Der Herbst wird norddeutsch, klar, kalt. Kleine und große Wolkenver-
bände in stetem Wechsel, in vielen Formen, in vielen Farben. Geschichten erzählend, hier und gestern, manchmal von morgen, wenn eine
Wolke so schnell zieht, dass die Vergangenheit verloren geht.

Kräuterkartoffeln
*Neue Kartoffeln waschen und in Salzwasser kochen. Geschnittene Frühlings-
zwiebeln in Olivenöl sanft anbraten. Die gekochten Kartoffeln in einer großen
Schale längs und quer aufschneiden, mit Olivenöl beträufeln, dazu Kräutersalz, Rucola oder Petersilie und die Frühlingszwiebeln. Servieren mit einem
guten Klecks Zaziki, bei Bedarf nachsalzen. Dieses schnelle Gericht schmeckt
auch mit anderen Kräutern oder Gemüse, zum Beispiel Sellerie.*

10. OKTOBER

All mein Sehnen und Begehren ist eins mit der Welt. Alles, was gedacht,
ist möglich. Auch das Böse, das einzig eine Umkehrung des Guten ist.
Das Böse ist ebenso wirklich wie das Gute. Wirklich wie der Teufel im
Kasperletheater: der rote Teufel und der schwarze, der heiße und der
kalte.
Auch die Nacht ist kalt, die erste. Um den Gefrierpunkt. Kübelpflanzen
in den Keller?

11. OKTOBER

Bleiches Gestirn, bleiche Sonne. Kälte überzieht die Wiesen. Durch die Wolken ziehen Kraniche.

12. OKTOBER

Rauchfahnen steigen aus Schornsteinen, zerfasern in kaltem Blau. Die Bäume singen und rauschen wie die Wildgänse, die hoch oben nach Südwesten ziehen. Auf den braun gepflügten Äckern liegt leichter Frost, weißer Staub, sauber. Im Schatten zitternder Pappeln zischeln Sträucher, wispern huschende Erdwesen. Die eigentliche Prüfung des Menschen ist der Winter. Es gibt Plätze in unseren Herzen, von deren Existenz wir erst erfahren, wenn das Leid sie uns zeigt. Erst verborgen in endloser Wüste, dann aufgedeckt und frei, wenn wir vor Ratlosigkeit, Verzweiflung und Furcht völlig neben uns stehen. Der gefährliche Rand der Dinge, eisig, schroff.

13. OKTOBER

Lag wach um vier, lauschte in den Garten. Still, sehr still. Frost an den Mauern, zerplatzte Träume. Klarer Kopf, klare Gedanken, gereinigt. Um vier ruhst du in dir, neu geordnet, beruhigt. Schlaf ist nicht nur einfach ein Bedürfnis des Körpers. In ihm verströmt das Inferno des Tages, zerlegt sich in seine Einzelteile, wird geglättet. Was wir wissen, wissen wir in der Nacht.

Wie viel ist Lüge, wie viel ist Wahrheit. Wie viel Lüge kann und will man ertragen, wie viel Wahrheit. Wie erkennt man, was Lüge und was Wahrheit ist. Will man erkennen, was Lüge und was Wahrheit ist. Im Sturm ist alles Lüge.

Es ist soweit Leute — die Blätter fliegen ...

Kürbispilze

250 g getrocknete Steinpilze in erwärmtem trockenen Sherry 24 Stunden einlegen. 200 g Serrano- oder Parmaschinken in Rotwein und Rosmarin anschmoren, 24 Stunden ruhen lassen. Einen halben Hokkaidokürbis klein geschnitten in Olivenöl anschmoren und mit viel Curry würzen. In einer feuerfesten Auflaufform alle Zutaten wechselweise aufeinander schichten, wobei die Pilze mit einem guten Schuss Sahne aufgekocht wurden. Zwischen den Schichten Lasagneblätter, 6 Schichten sind optimal. Ab in den Ofen bei 175 Grad, 25 Minuten.

Parmesan-Pizza

Man nehme einen fertigen Pizzateig, streiche eine feuerfeste Form mit Olivenöl aus, lege den Teig darin dünn aus. Eine hälftige Mischung aus Parmesan und Semmelbrösel auf dem Teig verteilen, darauf Tomatenscheiben oder gehälftete kleine Tomaten, pfeffern, salzen. Darauf reichlich Mozzarella in kleinen Stückchen und Rosmarin, zerrissenen Parmaschinken, am Ende noch einmal frischen Rosmarin, alles mit Olivenöl beträufeln. Ab in den Ofen, 30 bis 40 Minuten bei 180 Grad. Wer mag, kann auf die schon fertige Pizza Rucola streuen...

14. OKTOBER

Dunkle Schatten sammeln sich. Auf Wiesen und Äckern sitzen Krähen. Wintergäste. Regentropfen fallen. Vorsichtig. Du gehst längst vergessene, von Linden besäumte, gerade Wege und denkst, das war einmal anders. Es war anders. Du warst anders, die Welt war anders. Zwischen dem gelbgrünen Blätterdach ein fahler Himmel, ein Gärtner harkt Kies, trocken raschelt Laub, ein kleiner Brunnen mit einem runden Steinkopf. Du gehst weiter und weiter, auch in deinen Erinnerungen, die dich immer begleiten. Was wir vergessen? Nicht den Stolz und nicht die Wut. Du sitzt auf einer verpilzten Mauer, auf der du nie gesessen, du betrittst einen kleinen Garten, den du nie durchschritten, du gehst bedächtig und versunken, wie du nie gegangen. Exakt geschnittene Buchenhecken wie Mauern, vier gleichmäßig gesetzte Kegelbäumchen um einen achteckig eingefassten Teich, und mittendrin, frevlerisch, drei frisch aufgeworfene Maulwurfshügel. Hier gehe nur ich, eingebettet in das barocke Gefühl einer anderen Zeit. Am Ende des Gartens ein kleiner offener Tempel für die Büsten von Aristoteles, Sokrates und Epikur, der sich seinen gemeißelten Namenszug mit Erkan und Esra teilen muss, Sokrates mit Alfredo und Katya, Aristoteles mit Ibrahim und Laila, in Liebe entbrannt, 2004, nicht für die Ewigkeit.

Peperoni-Wok
Puten- oder Hähnchengeschnetzeltes ein paar Stunden in heller Sojasoße und frischem Knoblauch marinieren. Zusammen mit grünen Bratpeperoni und Frühlingszwiebeln in heißem Olivenöl anbraten, mit grobem Salz überstreuen, bei kleinster Flamme etwas ziehen lassen.

Auf den Wiesen liegt der Regen der Nacht, noch schwebt das Wasser in Schwaden vor dem Wald. Es nebelt, es graut. Das Auge versteckt sich, es will nicht sehen, es traut ihm nicht, dem Tag.

16. OKTOBER

Wege im Wald sind Wege ohne Ziel. Du gehst vorbei an Fichten, Buchen, Lärchen und verlierst die Stunde. Noch bis zum nächsten Abzweig, bis zum nächsten hohen Baum, bis zur nächsten Wegsperre, da, eine Marone im moosigen Untergrund, noch eine, ein Butterpilz, du hältst die Nase am Boden, glaubst an eine Pilzmahlzeit, freust dich über die Sonne, die rote, gelbe, grüne und braune Blätter glitzern lässt, freust dich über das melodiöse Schattenspiel zwischen den Bäumen und auf dem kiesigen Weg. Moose, Farne, modernde Holzstumpen mit kleinen violetten Pilzen besetzt, Gräser verschiedenster Art, eine verrostete Coladose. Du denkst, halt ein, bleib stehen, doch es geht voran durch den duftenden Herbstwald, immer

weiter, pure Freude über Sein. Das Ziel, wenn du denn wirklich eins gehabt hast, ist verschwunden, du gehst zurück.

Schwein gehabt
Schweinefilet in Olivenöl mit einem Klecks Butter scharf anbraten. In Alufolie einpacken, im Ofen 15 bis 20 Minuten bei 100 Grad garen. Gleichzeitig Kartoffeln achteln, im verbliebenen Fett anbraten, salzen, 20 Minuten weitergaren. 5 Minuten vor dem Garpunkt geschnittenen Spitzkohl dazugeben, viel Kümmel. Schweinefilet in Scheiben schneiden und auf Kohl und Kartoffeln anrichten.

Lauchkuchen
Teig zu gleichen Teilen aus Dinkelmehl und gemahlenen Kürbiskernen, für ein ganzes Backblech benötigt man ca. 400 g. Den Teig auf das Blech auftragen, darauf 8 Stangen angedünsteten, klein geschnittenen Porree und 10 große braune Champignons, geschnitten, roh. Darauf Puten-Lachsschinken. Zwei Becher saure Sahne, zwei Eier, Pfeffer und mäßig Salz verquirlen, über alles gießen, in den vorgeheizten Ofen, 170 Grad, circa 30 Minuten.
Schmeckt auch kalt so gut, dass man sich etwas für den Abend oder für den nächsten Tag aufbewahren sollte - falls etwas übrig bleibt.

17. OKTOBER

Leichter Regen, ein kühler Herbsttag. Auf einer Weide stehen sich zwei braune Kühe regungslos gegenüber. Wahrscheinlich spielen sie Schnick-Schnack-Schnuck, und die eine wartet darauf, dass die andere mit einer Figur eröffnet. Schere, Stein oder Papier? Ich habe das Spiel nie mit zwei gleichen Figuren begonnen, weil ich immer fürchtete, mein Gegner könne mit zwei gleichen Figuren antworten, mit denen, die meine Figuren schlagen. Chaos-Schnick-Schnack-Schnuck, der Glücklichere gewann.

18. OKTOBER

Am Morgen starker Wind. Über Europa ziehen gleich drei Tiefs. Ganz hinten reißt für kurze Zeit die Wolkendecke auf, die Sonne malt einen zarten orangenen Fleck, der aussieht wie das Tor zu einer anderen Welt. Krokusse pflanzen. Vorausdenken, an den kommenden Frühling, an die ersten Farben, Violett, Gelb, Blau, Weissblau. Beim Pflanzen mit den Fingern in die Erde, bis nichts mehr unter die Fingernägel passt. Kleine Gruben graben, in die fünf bis acht Knollen passen, Rudelwirkung. Am Abend Windstille. Die Felsenbirne leuchtet rot und gelb. Wo sind die Zaunkönige, die Igel... Schließe kurz die Augen, frage mich, was es wert war, gelebt zu haben. Wie bemisst man den Wert des Lebens? Die Blätter der Felsenbirne beginnen zu taumeln. Wieder. Der Herbst hatte nur eine kleine Pause eingelegt.

19. OKTOBER

Leichter Frost. Ein kalter Oktobermorgen, auf den Wiesen liegt Frühnebel. Zwischen den Zweigen starker Eichen steht flach am Horizont die Sonne. Rauschendes Rufen, über mir fliegen wohl 120 Gänse in schönster V-Formation gen Westen. Sie fliegen schnell, verlassen sehr bald die Möglichkeiten meiner Augen. Direkt über dir wirken sie wie angemeißelt, doch dann sind sie fort, verloren in der Ferne. Mitfliegen. Aus der Nils-Holgersson-Perspektive die Welt erleben. Mir träumte einst... Thomas Mann und seine Rätsel.

„Spaziergang bei herrlichem Wetter. Aber müde, niedergeschlagen, ja sterbenstraurig, in Todesgedanken, wie so oft."

Doch, ist auch schön...

O. Urs
12/'04

Der Tod kann nichts anderes, er muss näher rücken, Todesgedanken sind dabei unausbleiblich. Aber kann man sterbenstraurig sein, wenn man an einem schönen Herbsttag stehen bleibt, innehält, den Blick über das Land wandern lässt, das Herz sich öffnet...

Dreier-Salat

Drei Salate, Lollo Rosso, Grünen Salat und vor allem Feldsalat mundgerecht schneiden und auf einem Teller drapieren. Dazu pro Teller 2 große, jeweils gehälftete, gekochte Kartoffeln. Würzen mit Kräutersalz. Auf den Salat ein aufgeschnittenes Hähnchenbrustfilet. Das wurde angebraten, mit einem Becher Sahne gar gedünstet und mit vielen verschiedenen Kräutern gewürzt. Soße auf dem Salat verteilen.

20. OKTOBER

Bedeckt, grau in grau, ab Mittag Regen. Dauerregen. Heute könnte man sterbenstraurig sein.

Erdbeben in der Lüneburger Heide, 4,5 auf der Richter-Skala. Keine materiellen Schäden, verstörte Menschen. Die Erde, dein vermeintlich sicherer Halt, ist plötzlich nur noch unsichere Kruste. Leben auf einem heißen Planeten, Ameisen auf einer dünnen, zerbrechlichen Schale, verwundbar, hilflos. Auch wenn wir manchmal glauben, unser Erfindungsreichtum verschaffe uns ungeahnte Möglichkeiten. Stolz ist ein dünner Mantel für Angst. Und grenzenlose Mobilität verschafft uns zwar ungeahnte Fluchtmöglichkeiten, am Ende aber nur vor uns selbst, nicht vor dem unbekannten Spiel des Universums.

Regen und Wind haben ein paar Bäume leer gefegt, Birken und Silberpappeln, müde Stangen in der zerrenden Ungeduld des Winters. Müde Augen hinter sicheren Fenstern, gegen die ein aufkommender Schauer dicke Tropfen schickt.

Schlechter-Tag-Suppe
4 Paprika und 6 große Kartoffeln klein schneiden, in Gemüsebrühe kochen, fein pürieren, einen Teil des gekochten Gemüses unpüriert zurückbehalten. Kürbiskerne mit 2 Zweigen Rosmarin in Olivenöl rösten. Püree pfeffern und salzen, anreichern mit 2 Esslöffeln getrocknetem Basilikum. Auf das Püree das unpürierte Gemüse, zusammen auf einen Teller, darauf Kürbiskerne und Rosmarin sowie reichlich geriebenen Emmentaler.

21. OKTOBER

Schwarze Wolken, prasselnder Regen, wirbelnde Blätter. Windräder rasen, in kurzen Regenpausen leuchten die bewaldeten Hügel des Harzes.

Auf manchen Inseln im Pazifik gibt es weibliche Geckos, die sich selbst befruchten. Legen Eier, aus denen Baby-Geckos schlüpfen, die völlig identisch mit der Mutter sind. Wie geklont. Es gibt keine männlichen

Geckos. Nicht erforderlich oder es gab keine und die Evolution war gezwungen, neue Wege zu beschreiten. In jedem Fall ist die Lösung genial. Wozu brauche ich einen Befruchter, wenn ich mich selbst befruchten kann... Auch noch so, dass mein Nachkomme abseits eitler Gedanken aussieht wie ich, ich mich endlos in die Zukunft vervielfältige. Wobei die Nachkommen ja auch immer weiblich, zumindest hermaphroditisch sein müssen. Für ein Leben ohne Feinde, auf einer Pazifischen Insel, perfekt. Zufall ausgeschlossen. Im kontinentalen Sein hat die Evolution aber wohl doch festgestellt, dass Klonen im täglichen Wettbewerb nicht ausreicht. Die Beschränkung auf das Gleiche eröffnet die Chance, Zufallsprodukte zu erzielen, die die Entwicklung auf eine „höhere" Ebene ziehen. Zufällige Bekanntschaften, zufällige Genmischungen. Zufällige Genmischungen bedingen weiblich und männlich, Liebespfeile, abgeschossen aus dem Nichts.

Am Mittag ist der Himmel gefegt, keine Wolke, alles blau. Stehe vor der Kaiserpfalz in Goslar, bestaune den letzten deutschen Kaiser und Barbarossa auf ihren Streitrössern. Barbarossas Pferd hängt in der Hüfte, des Kaisers steht in gerader Rückenlinie. Genmischung hin zu einer anderen Entwicklungslinie. Leistungsfähiger.

Belohnung
Einen Boskop in Scheiben in wenig Butter andünsten, mit Rum ablöschen, Zucker und Zimt dazu, ein paar Rosinen und noch warm auf eine Scheibe Marzipanstollen.

Schöne Fahrt mit einer alten Dampfbahn zum Brocken. Vorherrschende Farbe: Gelb. Es ruckelt und zuckelt, graue Dampfschwaden fetzen vorbei, neben den Gleisen schmale Bachläufe, DDR-Katen. Fahren durch hohe Buchenwälder, schlankes Grau, Farn im Fels, steigen langsam höher, bergan, immer weiter, Kiefernwälder. Dein Körper bewegt sich im Rhythmus des Zuges, ruckelnd, zuckelnd, du beginnst, sinnend zu träumen, mit offenen Augen. Granitboden, moosbewachsen, hingeworfen von einer anderen Kraft. Krüppelnde Kiefern, schwache Gräser, Blaubeeren. Nur 800 Meter, aber es ist, als führe man im Hochgebirge. Vertrocknete Bäume wie Vogelskelette, zerbrochene und zerrissene Bäume, Reste eines Lebens. Die Maschine stampft, schwer, wir erreichen den Brockenbahnhof. Oben auf dem Brocken Eiseskälte, Windböen, unwirtlich. Talfahrt. Die Sonne hat sich versteckt. Eine Frau aus dem Erzgebirge: „Ein bisschen muss man doch lachen können, oder?!" Oder...

Schiele-Landschaft / 2004

23. OKTOBER

2 Uhr morgens. Der Mond geht auf voll.

Mit 54 lebt man dazwischen. Man lebt nicht kraftvoll jung, man lebt aber auch nicht altersergeben und hingesunken. Man hat noch Kraft, weiß aber mit großer Gewissheit, dass die Kraft sehr bald immer weniger wird. Heute ist eine Zeit milder Weisheit. Könnte ich doch einen Tropfen davon festhalten. Es gelingt mir nicht, gerecht zu sein. Es gelingt mir nicht einmal, gerecht zu denken.

Regentag-Pasta
Pasta nach Wunsch und Hunger. Saft von vier Orangen sanft erhitzen, einen Becher Sahne kräftig darunter rühren, dazu ein gutes Schnapsglas Orangenlikör, Salz, weißer Pfeffer, etwas Koriander. Dazu Garnelen, die in der Soße erhitzt werden.

24. OKTOBER

Wechselhaft. Herbst ist schön, wenn der Regen in der Luft hängt und Bäume und Büsche rotorange leuchten.

Eine Französin namens Corinne Maier hat ein Buch über Angestellte in großen Unternehmen geschrieben. Es geht um die Erkenntnis, dass Viele nicht mehr viel zu tun haben, aber trotzdem so tun, als ob sie rundum ausgelastet sind. Sie sind in der Tat ausgelastet, mit Tätigkeiten eher privater Natur, zum Beispiel dem Surfen durch das Internet oder dem Schreiben von Büchern. Die hohe Kunst ist dabei, dass man von diesen Tätigkeiten so ausgefüllt ist, dass man gegenüber Kollegen ein permanentes Burnout beklagen kann. Kluge Empfehlung von Madame Maier: Durchhalten mit dem Nichtstun, das Geld kommt auch so.

25. OKTOBER

Entspannter Himmel, in- und übereinander geschichtete Wolken, eine gehälftete Sonne. Morgens um 9 Uhr 16 Grad.

Träumte vom düsteren Kohlenkeller meiner Kindheit. Fand darin eine moderne Espressobar, in der das Leben tobte. Die Latte-Macchiato-

Perspektive. Bedeutet zunächst einmal nur, gegen 2 in einem Café oder einem Bistro zu stehen und ein Mozzarella-Brötchen zu essen. Andächtig, interessiert, auf keinen Fall blasiert - weil so nur Langweiler aussehen. Auch nicht hyper oder fröhlich, diese Menschen kann auch keiner ausstehen. Zum Basilikumblättchen, das für alles gut ist, einen Cappuccino oder eben eine Latte. Keine Hast. Genehm dazu ein Mensch, oder zwei, mit denen sich locker und entspannt über dies und das reden lässt. Italo Svevos Auslassungen über ältere Männer und schöne junge Mädchen beispielsweise, oder über Unfall und Tod von Christopher Reeves; und was Batman alles zustoßen kann. Botoxgespritzte Gesichter und Politikergeschwätz. Erkenntnisse: Junge Frauen brauchen keinen Schmuck, sie tragen ihre Jugend. Andere, abweichende Meinung erwünscht. Man weiß sich dennoch eins in der Perspektive. Und draußen, auch das gibt es noch, fallen weitere Blätter. Unentwegt, von kahler und dunkler werdenden Bäumen.

Tomatenlust

Ein Hefeteig aus 200 g gemahlenen Kürbiskernen, 200 g Dinkelmehl und einer Portion Trocken- oder Frischhefe. In eine Springform drücken, am Rand hochziehen. Mit in Scheiben geschnittenen Tomaten belegen, darauf Mozzarella (ein Päckchen) in dünnen Scheiben. Mit Olivenöl beträufeln, salzen, pfeffern, mit Salbeiblättern belegen. Circa 30 Minuten in den Offen bei nicht zu großer Hitze. Schmeckt auch kalt.

Freuden-Rotkohl

5 Cox Orange stückeln und in etwas Butter anschmoren. Dazu einen Esslöffel Honig, einen halben Teelöffel Lebkuchengewürz, mit süßem Sherry ablöschen. Ein Glas Rotkohl dazugeben, sanft erhitzen und 20 Minuten ziehen lassen.

Tomatenlust

O.lum
2004

26. OKTOBER

Liebe ist wie ein Regentropfen, der auf einem trockenen Stein zerplatzt.

Fast Vollmond...
Jeder Mensch hat eine Vorstellung von sich, der er nachhängt. Ein Lieblingsbild. Einen Traum, aus dem sich sein Dasein speist.

27. OKTOBER

Der nahende Vollmond verändert das Wetter. Es wird kälter. Frostiger Nebel über dem Boden, am Himmel hängt eine knallfarbige viertel Orangesonne, daneben ein Rauchpilz aus einem Kraftwerk.
Ein Spaziergänger fand auf einem Feld einen verletzten Wachtelkönig. Der ist selten, hat sogar schon den Bau von Autobahnen verhindert. Nun ist er nicht nur selten, sondern auch noch allein und wird aufgepäppelt, damit er in den Süden fliegen kann.
Einst glaubte ich, ein Lebensziel sei die Erlangung von Weisheit. Und wenn am Ende des Wegs nicht Weisheit stände, dann wäre ich doch zumindest auf dem Weg. Anders. Was bringt dir alle Weisheit, wenn sie dich nicht einmal vor Hochmut schützen kann. Weisheit lehrt nicht zwangsläufig Demut. Und für Demut benötigt man nicht unbedingt Weisheit. Eher Gelassenheit.

Frühstück
Drei Tomaten in Scheiben in einer beschichteten Pfanne anbraten, zwei Eier daraufschlagen, Deckel aufsetzen, stocken lassen. Darüber eine dicke Scheibe jungen Gouda schmelzen lassen, darauf „pfundweise" Schnittlauch. Alles zusammen auf getoastetes Vollkornweißbrot.

Mondfinsternis. Versteckt hinter schweren Wolken. Nachtbote, was bringst du... Gedanken, die ich noch nie so klar am Tag gedacht, Filme, die ich nie gesehen, aberwitzige Geschichten, die nie ein Ende finden, Bekanntes in neuem Kleid. Was fange ich damit an... Oder ist das ein immer neuer Anfang...

Ein großes Missverständnis unserer Zeit ist die Vorstellung, das Leben sei schneller geworden. Nichts ist schneller geworden, nur weil wir große Entfernungen mit technischen Vehikeln schnell überbrücken können. Wir haben vielleicht das Gefühl, alles sei schnelllebiger. Aber warum soll die Zeit sich verändert haben, anders geworden sein. Eine Sekunde ist eine Sekunde, ein Tag ein Tag, ein Leben ein Leben, und das dauert in der Regel länger als je zuvor. Wir gehen in der gleichen Geschwindigkeit, denken in der gleichen Geschwindigkeit. Vielleicht sehen wir mehr, die ganze Welt. Die Welt ist unser, doch in der Nähe leben wir. Langsam, als wäre es ein winterlicher Spaziergang mit ungewissem Ziel.

Ein trüber Tag. Diesig. Feucht. Freudlose Stunden, in denen dich Ratlosigkeit überfällt. Wohin, wenn du nicht mehr weißt, wo es hingeht. Du horchst hinein in deinen Körper, sehnst einen Schmerz, einen plötzlichen Stich herbei, damit deine Ratlosigkeit ein Ende hat. Stille Freude im Schmerz, heimliche Genugtuung. Der Tag wechselt hinein in die Nacht, ohne Vorwarnung, ohne sich zu verabschieden. Keine Sterne, kein Mond. Frierende Seele.

Monatsende-Suppe
Pro Person drei Scheiben altbackenes Vollkornbrot auf einem Teller zerbrö-
seln, darauf reichlich in Scheiben geschnittener frischer Knoblauch und klein
geschnittene glatte Petersilie. Auffüllen mit Gemüsebrühe, zum Schluss mit
gehackten und gerösteten Nüssen bestreuen.

30. OKTOBER

Der nächste trübe Tag und jetzt endlich die aufgefrischte Erinnerung,
dass Winter in Norddeutschland allgemein trübe sind. Bereit zur Flucht,
aber es gibt keine Flucht.

Schweinefilet mit Äpfeln
Schweinefilet in Butter und Olivenöl anbraten, in Alufolie warm stellen. Zwei
gespelzte Boskop, eine klein geschnittene Schalotte, frische Thymianzweige
und ein paar gehackte Nüsse im Bratfett schmoren. Schweinefilet dazugeben
und fünf Minuten ziehen lassen. Komplett wird die Mahlzeit mit frischem
Baguette.

31. OKTOBER

Kraniche ziehen. Winterzeit. Ein ruhiger, schöner Herbsttag. Manchmal
sitzt man nur so da und denkt „Hmm..". Und dann noch einmal
„Hmm..", schaukelt ein wenig mit dem Oberkörper, sitzt wieder ruhig
und fest und denkt abermals „Hmm..". Fragt sich, in welche Richtung
man denken sol!. Viele Möglichkeiten... oder keine... Manchmal lese
ich etwas und meine Gedanken schwirren davon, gestalten, schaffen
Zusammenhänge, setzen etwas zusammen, gehen zurück, verarbeiten.
Manchmal lese ich etwas und denke, hier muss ich nicht denken.

Manchmal sitze ich und frage mich, wo es hingehen soll. Das ist nahe am „Nerven verlieren", keine Stimmungsniederkunft, eher Ratlosigkeit, körperlich fassbar, ein schlimmes Gefühl. Oder „furchtbar". Es ist Furcht, Furcht vor dem Unbekannten, entsetzliche Furcht vor der Stille. Der Fluch der ererbten Fähigkeit des Denkens, die uns in die Lage versetzt, die Zukunft zu erahnen, in Angst zu leben. Vielschichtige Angst. Wir haben Zeichen erfunden, um uns auszutauschen, vielleicht auch, um als Mammutjäger zu imponieren. Sprache wurde dinglich. Um Denkmäler zu setzen. Um andere durch Regeln zu kontrollieren. Dagegen gibt es glatte Verweigerungen.

Wintervogel

„Ich habe nichts von Ihnen gelesen. Ich lese mich selbst, wenn ich etwas lesen will..." (Victoria, Knut Hamsun)

Verzweiflung oder Hochmut, jede Deutung ist unklar. Was eine große Freude sein kann, denn so kann sich jeder, der kann, aus Zeichen das heraussuchen, was er für sich aufnehmen will. Ich denke noch einmal „Hmm..", hebe den Kopf und lache leise.

Lecker Bein
Drei Bund Suppengrün (mit Sellerie) klitzeklein schneiden, getrocknete Stein-
pilze, getrocknete Tomaten, zwei Lorbeerblätter und zwei Petersilienwurzeln
im Bräter mit gutem Olivenöl anschmoren, herausnehmen und beiseite stel-
len. Zwei Beinscheiben vom Rind im Restöl scharf anbraten, mit sehr gutem
Rotwein ablöschen. Darauf dann das Gemüse, Deckel auf den Topf, 90 Minu-
ten in den Ofen bei 140 Grad. Eventuell Rotwein nachgießen. Dazu passen
Rosmarinkartoffeln oder Spätzle.

Novemberprolog

O Menschen... Es ist nicht so, dass das Leben nur kompliziert ist. Es ist
auch Pflicht und Schlichtheit, vor allem gegenüber sich selbst.
Manchmal bist du mutlos, weil das Leben auf dir liegt und dich zu
erdrücken droht. Dachte der Poet auf seiner Reise durch Amazonien.
Aber er schrieb es nicht.

O Menschen... Ihr tanzt mit rudernden Armen wie wild im Kreis und
spürt das Verlangen nach Liebe. Warum geht ihr nicht hin und nehmt
sie mit beiden Händen... Der Artist, kopfüber am Seil.

1. NOVEMBER

Ein weiterer ruhiger Herbsttag. Jetzt fallen auch große Blätter. Ein Schreien vom Himmel. Unter den grauen Wolken kreisen Gänse. Es sieht aus, als seien sie uneins, als könnten sie sich nicht darüber einigen, wer den Pulk von 80 Gänsen anführen soll, als hätten sie gestritten, kreisen und kreisen, abwartend, schreien. Dann ein anderer Ruf, plötzlich taucht eine kleine Schar anderer Gänse in Flugformation auf. Unglaublich. Der große Haufen hat gewartet, gerufen, die auf den Wiesen sitzenden Gänse aufgefordert mitzukommen, Zeichen gegeben, dass es in den Süden geht. Als ob sich die Gänse eines Clans gegenseitig einsammeln. Und woher wissen die einen, wann die anderen kommen. Und jetzt geht es wirklich los. Die Gänse, die zuerst in der Luft waren, verlassen ihre abwartenden kreisförmigen Flugbewegungen und nehmen die bekannte V-Formation ein. Perfekt, gerade, wie an der Schnur. Zunächst Richtung Westen. Arrivederci, lasst euch nicht abschießen.

2. NOVEMBER

Verpacken, langsam verschachteln. Die Kälte steigt in dich hinein und frisst dich. Ich spürte die Kälte. Ganz tief. Keine Decke ist warm genug für diese Kälte. Ganz tief.

Phantasiegemüse. Dachte an Trüffelerbsen. Oder Kaviarkohl. Glasbohnen. Schmelzkartoffeln. Lachslauch. Rauchtomaten. Sandmais.

Fleischloser Zucchini-Käse-Auflauf
*Zucchini in dünne Scheiben schneiden und in eine mit etwas Olivenöl aus-
geriebene Auflaufform legen. Darauf Parmesan, wieder Zucchini, dann Provo-
lone, wieder Zucchini und noch einmal Parmesan. Ca. 25 Minuten bei 180
Grad im Ofen backen.*

3. NOVEMBER

Ein Abend in Bremen. Dunkle Glocken tönen über den Domshof, han-
seatisch glitzernde Fassaden, angestrahlte Kaufmannsherrlichkeit. Vergangen. Steinern klappert das grobe Pflaster, auf dem schon Sterne
schritten. Da leuchtet ein fahler Geist aus einem Tor, am Brunnen sitzt
ein Hund, Gedanken hämmern durch die Nacht. Wo sind sie, unsere
Jahre... Gewesen, verschwunden, geparkt am Ende einer schmalen
Gasse. Ein altes Kneipenschild, wir gehen hinein, trinken, lachen.

4. NOVEMBER

Es gibt Tage, da wachst du auf und denkst, da ist er wieder, so ein Tag. Du stehst auf und dir ist kalt. Die Kälte, die tief in dir steckt, die dich von innen heraus frieren lässt. Du schaust in den Spiegel und siehst einen Fremden. Einen Menschen, auf dessen Stirn Eis liegt. Spätestens jetzt verspürst du den Wunsch, dich wieder in das noch warme Bett zu legen. Deine Hände sind kalt, sie werden den ganzen Tag nicht warm. Am Nachmittag beschließt du, in die Sauna zu gehen. Sitzt in der Sauna, allein, 80 Grad. Nach drei Minuten ein leichter Schweißfilm auf der Haut, endlich, die Hitze vertreibt deine Kälte, du denkst nur noch an Wärme, an Wohlsein, atmest langsam, ruhig, leerst deine Lunge in kräftigen Zügen, sitzt entspannt und bist dir sicher, dass du so den Winter überstehen wirst.

Was Scharfes?
2 Birnen, 2 Äpfel, Thymian, scharfen Senf und Pfeffer pürieren, mit trockenem Schwarzbrot zu einer Paste mischen. In ein gutes Stück Bio-Schweineschulter eine Tasche schneiden und mit der Paste füllen. Umwickeln und braten. Dazu Semmelknödel.

5. NOVEMBER

Schauer. Kalte Schauer.

Heruntergekommen im älteren Sinn bezeichnet eine Geschichte, die aus dem himmlischen Gespinst auf der Erde angelangt ist. Soll heißen, eine Geschichte, die auf das Tatsächliche reduziert worden ist. Vielleicht ist das eines unserer heutigen Probleme. Es gibt keine Geschichten, erdacht, erlogen, gesponnen, himmlisch beseelt, obwohl wir danach dürsten. Wir dürfen nicht glauben, weil die Wissenschaften für fast alles eine Erklärung haben. Geschichten sind aber nur spannend, schön, wenn sie sich im Ungewissen aufhalten und bewegen. Glauben kann nur da sein, wo es um nicht beantwortbare Fragen geht. Wo endet das Universum, warum hat es begonnen, und derlei weitere Ungewissheiten. Vielleicht, vielleicht, vielleicht rührt aus dem Glaubensentzug, dem Verlust von Inhalten, die nur durch Glauben erlebbar und fest wurden. Dies ist ein Stück der Verzweiflung, die in dieser Zeit lebt. Im Glauben liegt innerer Frieden, weil er die Beantwortung von Fragen einfacher oder überflüssig macht. Kann sein, kann nicht sein, aber am Ende gibt es keinen Zweifel.

Nachtfrost-Frühstück
Eine nicht zu klein geschnipselte Banane und einen gleichermaßen bearbeiteten Boskop mit sparsam Butter in einer Teflonpfanne andünsten, mit Walnüssen mischen. Vollmilchjoghurt in eine Müslischale, darüber die Obstmischung mit Honig. Macht satt bis zum Nachmittag.

6. NOVEMBER

Wirbelnde Wolkenfetzen. April im November. Regen, Sonne, sehe blau, grau, dunkle Sterne, die explodieren, eine freie Brust. Atmen. Kein Gefühlsbrei, kein susenhaftes Gesponst. Leben ist nur Leben, einfach, hineingeboren, ohne Begründung. Zufällige Begegnung. Es könnte jemand anderes hier sein, aber eben auch ich. Ich denke, weil vom Baum der Erkenntnis gegessen wurde. Ich bin einzigartig, aber es könnte auch ein anderer sein. Wenn ich nicht wäre, wäre ein anderer. Je älter ich werde, desto mehr glaube ich an die Einzigartigkeit des eigenen

... mit'ner harmlosen
Kleckserei fing es an

O. Um
2004

Seins. So sei es. Freude am Ich, Freude am Sein, Freude am Spüren, Freude an der Freude. Was mehr? Der Sinn im Lebenszweck, in der Bewältigung von Aufgaben, selbst gestellt oder auferlegt, der Glaube an Götter, die das und dein Leben lenken. Nicht Religion, nicht Fortpflanzungsglaube, nicht Familienglück. Im Nebel steht Sinn, gegeben aus der Nacht, geboren aus dem neuen Tag, gebildet in deiner Gestalt. Ich liebe das Leben, aber liebe ich den Tod? Mehr gibt es nicht, mehr wird es nicht geben, auch die Zukunft verspricht nichts anderes als Leben und Tod. Liebe ist ein Dazwischen, ein Intermezzo, der elektrische Blitz, der das Dasein erleuchtet und möglich macht. Wir aber wissen noch immer nicht, was wir tun.

Sanftes Hühnerbrüstchen
Zwei Hühnerbrüste in eine Auflaufform mit Salz, Pfeffer, Thymianzweigen und zwei gehackten Knoblauchzehen. Mit einem Becher Sahne übergießen und zum Garen bei kleiner Hitze in den Ofen stellen. Dazu Kartoffeln, wegen der leckeren Soße.

7. NOVEMBER

Sonnentag. Spaziergang mit dem Hund. Etwas kühl an unseren Ohren. Aus dem Wald ein Schuss. Jagdsaison. Wintergetreide auf den Feldern, abseits blüht Raps. Eine gespaltene Linde, zerborstene Weiden. Luzie entdeckt drei Gänse hinter einem Zaun, verursacht Geschnatter. Von hohen Buchen fallen die letzten Blätter. Langsam. Ruhiger Atem eines goldenen Tages, der einen Bussard in die Höhe treibt. Da segelt er, gewiss und sicher, über den höchsten Baumkronen. Bis aus dem noch dichten Laub einer Eiche eine Krähe aufsteigt, gestört, belästigt, sich auf den Bussard stürzt. Taumelnd attackierend, manchmal wie ein Fechter, der eine Finte setzt. Der Bussard streicht ab, wir gehen an einem leise plätschernden, schmalen Bach, auf dem Blätter aller Farben wie Segelschiffchen treiben. Durchatmen, Gerüche nehmen.

Lese schön.

„Draußen hatte sich ein Nebel über die Stadt gesenkt, der leicht auf den Häusern lag. Die Schatten waren verschwommen. Die Straßen waren ruhig und leer und eng, die Stadt schien einmal mehr wie die geborgte Erinnerung an eine Zeit, die nie so war. Was die Wirklichkeit ist, das bestimmen andere." (Georg Diez)

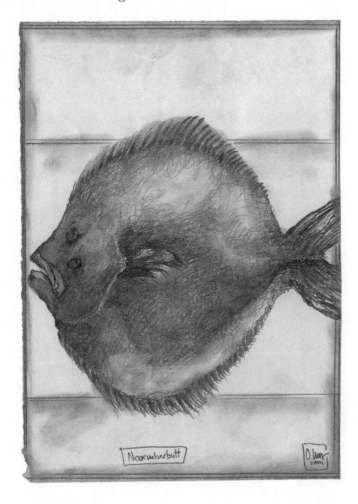

Novemberbutt

Zitronen-Steinbutt
Das Steinbutt-Filet auf jeder Seite in Olivenöl 4 bis 5 Minuten leicht braten, anrichten mit aufgeschlagener Butter und Zitronenscheiben. Dazu Karottengemüse. Klein geschnittene Karotten in zerlassener Butter und Gemüsebrühe dünsten, leicht salzen.

8. NOVEMBER

Die Nachttemperaturen fallen gegen Null, in den Bergen hat es geschneit. In einer Tageszeitung die Schlagzeile: „Der Retter der Ruinen". Ein reicher Mann muss das sein. Ruinen sind Reste von Untergegangenem. Für manche mag gelten, dass ihre Erhaltung wünschenswert für unser Kollektivgedächtnis ist. Ein Mahnmal für unser Leben mit der Vergangenheit. Niemals vergessen, wie unsere Erinnerungen und erworbenen Fähigkeiten, gute und schlechte, in das Jetzt einlenken. Steine zum Verweilen. Gegenwärtige Prachtbauten sind die Ruinen von morgen. Und ein Wackerer steht auf und rettet ein paar Steine. Die Berliner Mauer ist abgebaut, in voller Länge. Bedauern: „Wir hätten nicht alles abreißen sollen..." Sagen sie heute, 15 Jahre danach. Im Schwung der Zeit vernichtet. Weg, weg damit. Weg mit verhassten Symbolen, augenfälligen. Die Erinnerung folgt später, in der Suche nach Wahrheit und dinglichen Überbleibseln, die vielleicht erklären könnten. Die Berliner Mauer, auch nur auf 100 Metern, wäre eine einzigartige Touristenattraktion. Das jetzt nachgebaute Teilstück am Checkpoint Charlie mit 1065 schwarzen Holzkreuzen für alle Maueropfer ist Beweis genug. Gedenken im Nachhall, Touristen, erschauernd, aber nicht bedroht. Nur 15 Jahre danach: Wirklichkeit ist Geschichte, entfernt sich vom gefühlten Sein, nachträgliche Näherung nur in Gedanken, nicht bedroht von der Drohgebärde wirklicher Menschen, Soldaten, Grenzsoldaten mit scharfer Munition. Innehalten im Schrecken.

9. NOVEMBER

Nebeltag. Wo war ich am 9. November 1989? Saß mittags bei einem schlechten Italiener in Lüchow, kalte Kleinstadt, frierend. Am Abend die Nachricht, die Grenze sei offen, alle Menschen im Wendland, Zonen-randgebiet, hingen an den Fernsehern, begierig, sprachlos. In der Nacht fuhren erste Trabis und Wartburgs über den nahen Grenzkontrollpunkt, ungläubige Menschen, jubelnd, weinend, ergriffen. Es war, als flössen auf einmal zwei verschiedenfarbige Wasser ineinander.

MORGEN IM ...

Gartenarbeit. In einem Regen, der sich wie der vergangene Sommer anfühlt, leicht und sanft. Mit Begeisterung hohe Gräser geschnitten, Herbstritual. Nun ist er wirklich vorbei, der Sommer, Ansturm auf die letzten Tage des Jahres.

Aufwachen, Tee trinken, Zeitung lesen. Auch das noch. Der Spatz ist gefährdet. Der gemeine Hausspatz, der in meiner Jugend fröhlich aus jeder Dachrinne tschilpte, auf den manche Jungs noch mit Luftgewehren schossen. Der Clown, der Unscheinbare, der Fröhliche. Findet sich wieder in der Verdammnis des seltenen Exemplars, bestaunt.

11. NOVEMBER

Schnee im Harz. Zeit für Winterreifen.

12. NOVEMBER

Der erste Frost ruht auf der Erde, Gräser blühen weiß.
Erinnerungen an eine Irland-Reise. Im Winter ist viel Platz für Erinnerungen. Wie entstehen Bilder... Es war gegen 9 Uhr morgens. Wir hatten gerade unser irisches Frühstück beendet. Würstchen, Spiegeleier, Bacon und Black Pudding, eine warme Blutwurst, die den kontinental orientierten Gaumen ratlos zurücklässt. Waren 5 Minuten unterwegs, da hielten wir auch schon wieder. Auf einer weiten Fläche, im Hintergrund dunkelbraune Berge, ein einsames Gehöft, so irisch, wie man es sich nur vorstellen kann. Zwei Cotten mit See, Weiden, selbst geflochtene Körbe, blaue Fensterrahmen, reetgedeckte Dächer. Der Kameramann drehte, Ole skizzierte. Der hatte die ganze Zeit davon geredet, etwas mit Torf machen zu wollen. Hier gab es Torf. Reichlich. Ole nahm davon, zerbröselte einen Brocken, kolorierte eine Skizze. Erdbraun, gehaltvoll. Bilder wie Black Pudding. Etwas düster, schwer und nachhaltig.

November-Soße
Ein Paket holländischen Frühstückskuchen in 1/3 Liter Gemüsebrühe einweichen, erwärmen und pürieren, dazu zwei Bund klein geschnittenes Suppengrün, drei Lorbeerblätter, Salz, Pfeffer, Muskat. Eine wunderbare Soße zu Weißwurst, Sauerkraut und Kasseler.

13. NOVEMBER

Dachte rot im Irrgarten der Träume. Knisterndes Feuer, das du mit einem anderen Menschen teilst. Ein rotes Kleid im Wind, Stopplichter im fliehenden Himmel. Dunkler Wein. Ein samtroter Vorhang, durchbohrt von böser Rache. Ein leuchtender Liebesapfel, zerplatzt auf der Stirn eines schönen Mädchens, weggewischt mit karmesinrotem Flor. Rote Blütenblätter im Schnee. Geschrieben steht: Roter Mond. Du hast mich verlassen. Punkte im tanzenden Spiel grauer Nächte. Blutrote Federn streben zur Erde, schwebend, sich wiegend. Erwachen! Leben!

14. NOVEMBER

Frost hält den Morgen. Klirrende Sonne. Im Blau ziehen die letzten Gänse, etwas ungeordnet, vertrieben. Am Abend Ruhe. Vom Atlantik her kommt Schmuddelwetter.

Solche Nächte...   O. Mur '04

Schön ist etwas, wenn die Seele erbebt.

Der Blick auf Schönheit verändert sich. Eine Japanerin mit kleinsten Füßen war einst Inbegriff von Schönheit. In Japan. In Deutschland haftete an Schönheit auch Dummheit. Schönheit und Intelligenz müssen sich aber nicht ausschließen. Im Gegenteil: die derzeitige vergesellschaftete Meinung ist, dass Intelligenz und Schönheit einander bedingen. Was nicht sein muss. Nicht nur äußerliche Merkmale sind schön. Menschen strahlen innere Schönheit aus, erkennbar als ummantelnder Odem, erkennbar für Augen, die sehen. Aber auch innere Schönheit muss nicht zwangsläufig mit einer besonderen Intelligenz einhergehen, sie kann auch einhergehen mit einem besonders ausgeprägten Charakterzug wie Aufrichtigkeit, Treue oder Hilfsbereitschaft. Mit Stolz. Nicht alle Augen sehen das, Wahrnehmungen sind höchst unterschiedlich im Werden und im Sein. Schönheit ist interkulturell für einen Großteil unserer Welt. Die Globalisierung von Schönheit. Jeder internationale Miss-Wettbewerb setzt neue Duftmarken allgemein werdenden Geschmacks. Schönheit und Götter. Schönheit ist das Fleisch gewordene Ideal einer Vorstellung, entwickelt von einer dominanten Person, einer Clique, einer Schicht, eine Vorstellung, die anderen nachahmenswert erscheint.

Etwas ist schön, wenn es dich andächtig verharren lässt, wenn es deine Gedanken beherrscht, wenn es dein Herz bewegt...

16. NOVEMBER

Nachtrag.

„Schöne Frauen wirken zunächst immer intelligent. Eine schöne Farbe oder eine schöne Linie sind in der Tat Ausdruck der vollkommensten Intelligenz." (Italo Svevo)

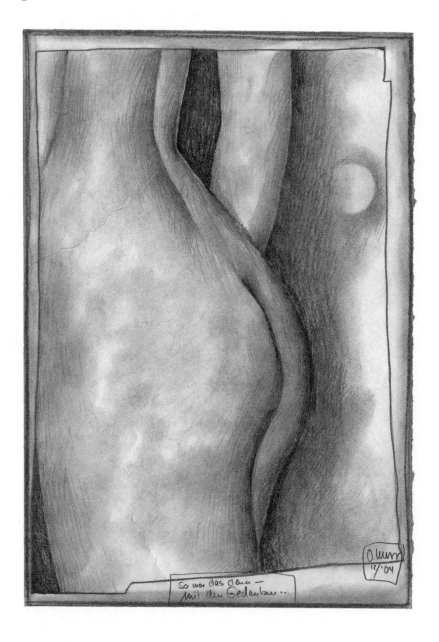

Es gibt Träume, die erschrecken. Es gibt Träume, die immer wiederkehren. Nicht identisch, eher angereichert oder verkürzt. Es gibt Figuren, die gelegentlich wieder auftauchen, Szenen, die sich wiederholen, manchmal mit anderen Figuren. Jeder Mensch hat Träume, die ihn erschrecken. Jeder Mensch hat Ängste, die sich in seine Träume einschleichen, die ihn bedrängen. Nicht alles kann sofort verarbeitet werden. Du träumst, und du weißt, dass du diese Figur, dieses Gesicht, diese Gestalt, schon einmal oder mehrmals zuvor gesehen hast, und du weißt genau, ob diese Erscheinung positiv oder negativ besetzt ist. Selten verkehren sich einmal getroffene Bewertungen ins Gegenteil. Manche Gesichter brennen sich ein, quälend, ausdauernd, Nachtschatten, die dich verfolgen. Es gibt auch schöne Träume, Ausdruck vollkommener Schönheit. Wohl nur im Traum ist Schönheit vollkommen, weil nur im Traum der Makel ausgeblendet werden kann. Und manche Träume sind wie Filme, unterbrochen von längeren Werbepausen.

17. NOVEMBER

Dauerregen. Genauer: Es schüttet von morgens bis abends.

Tomatenbutter
125 g Butter und 1 Dose Tomatenmark bei Zimmertemperatur zu einer geschmeidigen Masse verrühren, dabei mit Kräutersalz, frischem klein gehacktem Basilikum, Pfeffer und einer Prise Zucker abschmecken.

Saure Lust
Kartoffeln nach Bedarf in dünne Scheiben schneiden und mit einem Viertelliter Gemüsebrühe in einer Auflaufform aufschichten. Die Form vorher mit Olivenöl ausstreichen. Darauf eine gute Schicht Sauerkraut, salzen und pfeffern und bei 120 Grad ca. 40 Minuten garen. Darauf dann mehr oder weniger kräftigen Camembert in Scheiben und weitere 5 Minuten garen lassen.

18. NOVEMBER

An der Nordseeküste Sturm, der abgeschwächt und lendenlahm über
die Tiefebene zieht. Böig, aufbrausend, aber nicht gewaltig. Überhaupt
scheint es in diesem Jahr weniger Herbststürme zu geben. Im Garten
blühen die letzten Rosen. Einzeln, einsame Knospenkraft, nur dazu da,
ein letztes feuriges Lebewohl zu verbrennen. Wo der Wind den Kirschbaum vollends fegt, schwankt eine große rosa Blüte auf einem langen
Stängel, unnachgiebig. Wie die kleine Kübelrose, die ihre Blätter bereits

verloren hat, aber immer noch versucht, eine letzte, hochragende Knos-
pe zum Aufgehen zu zwingen. Das Pfeifen und Singen des Windes,
ohne Unterlass, im Spiel der verbliebenen Blätter an bebenden und
schwingenden Ästen. Ein tonbrauner Phantasiehund mit heraushängen-
der Zunge, umgeben und bedeckt von gelbem Laub, friedlich, entspannt.

Knusperäpfel

3 Eier, 2 Tassen Mehl, reichlich Zitronensaft, 1 Esslöffel Honig, 1 Esslöffel Rum, 2 Tüten Vanillezucker, ½ Teelöffel Backpulver und 100 g Butter zu einem cremigen Teig mischen und in eine Springform füllen. 6 Äpfel schälen und spelzen, auf dem Teig mit kleinen Butterflöckchen verteilen. Dazu 6 fein gehackte Marzipankugeln und eine Hand voll zerdrückter Walnüsse. In den Ofen, bei 145 Grad 30 Minuten.

19. NOVEMBER

Es schneit. Es gibt viele Arten Schnee. Dieser erste Schnee ist nass und schwer, bedeckt für wenige Stunden Äcker, Wiesen und Bäume, geht im Laufe des Morgens in Regen über. Kalter Regen.

Der Rolling Stone hat den besten Song aller Zeiten wählen lassen. Like a rolling stone von Bob Dylan. Auf Platz 2 die Rolling Stones mit Satisfaction, auf 3 John Lennons Imagine. Meine Hitliste sähe anders aus. Ich wüsste aber nicht, ob ich sagen könnte, dies ist mein absoluter Lieblingssong. Da fällt dir sofort noch einer ein, und noch einer, und dann vielleicht noch ein ganz anderer, und den hatte man schon fast vergessen. Satisfaction ist schon gut. Es geht ja darum, dass man keine bekommt, so oft man es auch versucht. Traf meine 15 Jahre auf den Punkt. Negermusik, sagten die Alten. Aber Satisfaction zweitbester Song aller Zeiten? Bob Dylan. Ich mag Bob Dylan. Der quetschte seine Stimme ins Mikro, sabbelte irgendein Zeug, das als total hip verkauft wurde. Bob Dylan, der Poet, der Protestler, der Barde mit Klampfe und Mundharmonika. Ich für mein Teil fand Subterranean Homesick Blues eine Klasse besser als Like a rolling stone. Härter. Aufmüpfiger. Listen sind unsinnig, aber lustig, wenn man Spaß an der Aufstellung eigener Listen hat. Heute bin ich für Hang on to a dream von Tim Hardin, morgen für The day before you came von Blancmanche und übermorgen habe ich einen ganz fröhlichen Tag, da bin ich unbedingt für Eleanor Rigby von Dr. West's Medicine Show Band. Unbedingt. Ultimativ.

Avocadocreme
Das Fruchtfleisch von zwei reifen Avocados mit dem Saft von einer Zitrone, Salz, Pfeffer, 3 Esslöffeln Olivenöl in der Küchenmaschine cremig aufschlagen. Dazu Brot nach Geschmack und Laune.

20. NOVEMBER

Schneeschauer aus der Nacht in den Tag. Mützenwetter. Leere Feldwege, am Horizont die nächste blaugraue Wolkenwand.

So war es gestern – Weiter und schöner...

O.bur
12/04

21. NOVEMBER

Ein blauer Mond geht durch die Nacht. Hängt im Kirschbaum. Ach, könnt ich ihn zwingen... Ein Wolkenband durchfließt den Mond, satt und schwer. Da graut er hin, die Nacht will enden.

Regnerisch. Trüb. Düster.

Umberto Eco, Wanderer in der Vergangenheit, mutmaßt, dass die Orgie der Nacktheit der Libido einen Dämpfer gibt.

„Die Moslems bringen mit ihren verhüllten Frauen sehr viel mehr Kinder zustande als wir hier im Westen, wo die Frauen weniger anhaben." Nun gibt es die Möglichkeit, dass Eco verkürzt und falsch wiedergegeben worden ist. Gut. Es kann aber auch sein, dass Signore Eco kurzgedacht hat. Dass Moslems mehr Kinder haben, mag auch anders begründet sein. Vor 100 Jahren hatten europäische Familien gleichwohl und verhüllter auch mehr Kinder. Meine Mutter hatte elf Geschwister. Ein Beweis? Und was meint Eco mit nackt? Völlig nackt, bikininackt, kurzrocknackt? In jedem Fall, mit pornografischer Ausnahme, bleiben zwei bis fünf Geheimnisse, Verhüllungen. Und was du gesehen hast, kann dich nicht mehr enttäuschen. Einen Schleier zu entfernen und auf ein pockennarbiges, zerfurchtes Gesicht zu treffen... Verborgenes muss ja auch nicht zwangsläufig bedeuten, nichts erkennen zu können.

Klügler Joseph auf seinem Weg nach Ägypten:
„Man muß das Unbekannte nur fest ins Auge fassen, dann fallen die Hüllen, und es wird bekannt." (Thomas Mann)

Reize bleiben Reize, auch unverhüllt, und weniger Kinder haben in Wahrheit mehr mit Geburtenkontrolle und gesellschaftlichen Voraussetzungen und Konventionen zu tun. Wenn sich eine Gesellschaft auf eine Kinderidealzahl von 2 festgelegt hat, dann gilt 10 als Abweichung. Keine Kinder zu haben ist keine Abweichung, weil diese Abweichung eine große Zahl von Menschen begeht, keine Kinder zu haben also eher die tolerierte Norm ist. Hat aber alles nichts mit nackten Frauen und Männern zu tun. Und Liebe nichts mit der Größe eines Bikinis. Und doch ist richtig, dass Verborgenes reizt oder einlädt, entdeckt zu werden.

Filethappen
Ein Stück Schweinefilet säubern, waschen und trockentupfen. In einem Teelöffel Butter und zwei Esslöffeln Olivenöl scharf anbraten, kurz vor dem Herausnehmen halbierte, entkernte Weintrauben und einen Esslöffel Rosinen dazugeben und mit einem guten Schuss Sherry ablöschen. Fleisch herausnehmen, warm stellen. Die Soße mit Sahne aufkochen, das Fleisch aufgeschnitten zurück in die Soße legen und mit Baguette servieren.

23. NOVEMBER

Manche Tage gehen so schnell, wie sie gekommen sind. Du erwachst und bist schon wieder im Bett. Bist durch Landschaften gefahren und dachtest, das hast du schon gesehen. Knicks, Land am Wasser, zwischen den Wassern, das Wasser ist nie zu sehen. Krähen, die auf pfützenübersäten Feldern Würmer und Mäuse suchen, ein kleiner dänischer Ort, in dem die Zeit stehen geblieben ist. Ochsenblutige Fassaden, gebrochene Linien, vereinzelte Bäume in engsten Straßen, frische Rumkugeln beim Bäcker. Betäubter Schlaf.

Lauchsuppe
6 große mehlige Kartoffeln und 5 Stangen Lauch in Gemüsebrühe weich kochen, mit dem Pürierstab feinst pürieren. Mit etwas Zitronensaft, einer Messerspitze Kardamom, Salz und Pfeffer abschmecken und mit Gemüsebrühe und 2 Bechern Sahne bis zur Suppenkonsistenz aufgießen.

Edgar Allen Poe und draußen ists
auch unheimlich..

24. NOVEMBER

Es friert. Anhaltend. Auf tiefer Ebene Eisgras. Schilf, das gebrochen der Erde zuneigt. Hellbraune Tupfer vor Kiefernwäldern, ein voller Mond. Ein kalter Mond, kein Mond, vor dem Fledermäuse tanzen. Ein Mond, von dem Menschen behaupten, er bringe alles durcheinander, er ziehe und zerre, an Nerven, an Fleisch. Er drückt und lastet, hängt wie ein Damoklesschwert, bleichweiß, mit gräulichen Einschüben. Der Mond bewegt, trifft den Schlaf, schaufelt Körperwasser hin und her, presst, gewaltig in seiner Kraft, steht da, am Firmament, ein Trabant unter den Sternen. Gefangen. Der kalte Mond ist anders als der Sommermond. Er friert, steht vor uns und will fort. Einfach nur fort.

Gemüsespaghetti
2 Zucchini, 2 Paprika, 1 Bund Frühlingszwiebeln, 1 Stück Sellerie, 2 Stangen Lauch sehr klein schneiden, in heißem Olivenöl scharf anbraten und mit einem Esslöffel scharfen Senf, Salz und Pfeffer abschmecken. Mit 2 Bechern Sahne aufgießen. Das Gemüse über die Spaghetti, mit zerdrückten Walnüssen bestreuen.

25. NOVEMBER

Um 4 Uhr nachmittags beginnt die Dämmerung. Die Tage werden kürzer. Immer kürzer. In den Straßen hängt immer noch der Mond, behäbig und satt. Er ist nicht geschmückt, doch manchmal fliegen heimkehrende Krähen durch sein Geklüft. Es könnte ein Zeichen sein, aber es ist nur ein kurzes Schauspiel. Ein Tanz auf einem Strich, begleitet von hungrigem Krächzen. Zurück auf den Baum, ganz oben in die Gemeinschaft, trunkenes Erleben auf Ästen, behängt mit Winterfrüchten. Orangenes Sterben am Horizont, Wehmut, Schaudern.

Zeig und sage mir den Sinn des Lebens. Der Sinn des Lebens ist Licht.

Eine Panikattacke ist ein Nebel im Kopf, dem ein Rauschen in der Brust folgt. Vorausgegangen ist Angst mit einer Gedankenflut, die im Kopf Pingpong spielt. Unkontrolliert hin und her blitzt.

Dachte an das Nichtsein nach dem Sterben.

Nach drei Nächten Frost jetzt wieder Regen.

Fliegt eine Krähe dreimal übers Haus, trägt man bald einen Toten heraus. Dummheiten, die als Volksweisheiten daherkommen. Krähen fressen Aas, waren immer die ersten, die auf Schlachtfeldern auftauchten. Soll die Krähe einen Unterschied zwischen Tier und Mensch machen? Nachzuvollziehen ist, dass ein von schwarzen Vögeln besetztes Totenfeld schaurig aussieht. Unheimlich, als wären die Krähen selbst die Boten des Todes.

In unseren Breiten ist die Krähe der Wintervogel an sich, am Boden und aus der Nähe eher possierlich, in ihren Bewegungen papageienähnlich drollig und überaus freundlich mit geringer Fluchtdistanz. In der Tat ist die Krähenpopulation im Winter größer, unsere metallisch schwarzglänzende Saatkrähe erhält Zuflug aus dem Osten. Die Krähe ist im Übrigen ein Singvogel, was in Anbetracht ihrer harten Krächzlaute nicht zu vermuten ist. Eine Nachtigall wird die Krähe sicher nie. Dafür ist sie ein überaus geselliger Vogel, der in der Dämmerung immer die gleichen Schlafplätze aufsucht, in großen Schwärmen, am liebsten auf solitären, ausladenden Bäumen. Zu ihrer Geselligkeit passt ihr überaus soziales Verhalten, deshalb der Spruch: „Eine Krähe hackt der anderen kein Auge aus". Krähen leben in Gruppen, Jungtiere bleiben nach dem Flüggewerden im Familienverbund, lernen Verhaltensmuster von den Altvögeln. Dass Krähen wetterfühlige Tiere sind, ist nicht besonders, gilt so auch für andere Tiere. Angeblich bringt sie als Martinsvogel den kalten Winter über das Land. Falsch. Die Krähe flieht die Kälte im Osten, ist hier wegen des milderen Klimas. Krähen sind entgegen landläufiger Meinung keine Raubvögel, haben weder die dafür notwendigen Schnäbel oder Krallen, saßen aber dennoch auf Odins Schultern, klug und vorausschauend. Abgelegt von Apollon, dem eine weiße Krähe die Nachricht überbrachte, dass die geliebte Koronis einen anderen vorzog. Die Überlieferung sagt, Apollon habe aus Trauer darob die weiße Krähe schwarz gefärbt. Wahrscheinlich folgte der Gott einem übermächtigen Impuls, dem Rachegedanken, ausgelebt am Überbringer der schlechten Nachricht. Wozu ein Gott jedes Recht hat.

28. NOVEMBER

Erster Advent, es regnet. Es sollte jetzt die besinnliche Zeit beginnen, die Zeit des Zurücknehmens, des beschaulichen Insichkehrens, die Zeit der Nachdenklichkeit und der weihnachtlichen Vorbereitung. Es ist aber nicht so, dass eine Lichterkette im Garten die Sinne auf andere Bahnen lenkt, fröhlich stimmt, von der Geburt des Erlösers der Menschheit kündet. Dies sind vier Wochen, in denen wir über Geschenke nachdenken, über Mahlzeiten. Gut und richtig, denn Schenken macht Freude.

Gutes Essen: Eine elektronische Nase hat herausgefunden, welcher Käse am schlimmsten stinkt. Mit Abstand der französische Weichkäse Vieux Boulogne, dessen Rinde mit Bier gewaschen wird. Gleich danach folgt der Pont 'Eveque aus der Normandie. Charakterfrage. Der englische Cheddar roch am wenigsten. Auch Charakterfrage.

Frischkornbrei für Mutige

In einer Korn- oder Kaffeemühle 200 g Sechskornmix fein mahlen. In einer 1/2 Tasse Wasser über Nacht quellen lassen und am nächsten Morgen mit geriebenen Äpfeln, einer klein geschnittenen Banane und zwei Teelöffeln Honig mischen, einen halben Becher Sahne darunter ziehen. Das Powerfrühstück für Wintertage.

29. NOVEMBER

Bleiches, wiederkehrendes Gestirn. Am Morgen diesige Nebelgespinste, aus denen Baumkonturen wie sprechende Holzfiguren auftauchen. Eine ganze Welt verschwindet im feuchten Dunst, geheim, undurchschaubar. Du gehst hinein, aber sie bleibt dir verschlossen. Nur der Nebel schwemmt in deine Lunge. Daraus bist du gewonnen, aus feuchtem Wahn geboren, verklumpter Einzeller, der du warst. Novembernebel.

30. NOVEMBER

Nebelsuppe, geschmolzene Milch, dick und fett, zu atmen wie Wasser. Im Sud ein knorriger Baumstamm, wohl über 100 Jahre alt, verästelt, weit ausladend, ausgefranst und blind. Aus der Erde schießen armdicke Stämme, manche vier bis fünf Meter vom Hauptbaum entfernt, unterirdische Lust, versteckt, dann überraschend kraftvoll strebend in die Luft, die immer noch sahnig und undurchdringlich ist. Zweige, die aus dem Boden fließen, fort vom Stamm, ein Baum, der seine Krone aus dem Erdreich entwickelt, wundersames Werk. Eine Süntelbuche, in früheren Zeiten als wertloses Teufelsholz verbrannt, Büschel kurzer Zweige, Hexenbesen. Und wahrlich: Ein ganzer Wald dieser erstaunlichen Bäume, zumal im Nebel, mag ängstlichen Geistern undurchdringlich und beklemmend erscheinen, geformt von Teufels Hand. Der Nebel weicht, zur Sonne, zur kalten Sonne.

Rosenkohlsalat

500 g Rosenkohl bissfest kochen, abkühlen lassen. Mischen mit einer klein gehackten Zwiebel und 200 g klein gehackten Nüssen. Dazu ein Dressing aus 2 Esslöffeln Mayonnaise, 2 Esslöffeln Joghurt, etwas Zucker, Salz und Pfeffer. Und das zu frischem Schwarzbrot.

Wintermorgen | O.Wert '04

Dezemberprolog

O Menschen... Werdet nicht irre an eurem Gelächter... Ihr werdet Stein bei eurem Gerenne, werdet verzweifelt in eurem Sehnen. Am Ende steht ein Licht wie ein Irrwisch, zitternd. Im Kirschbaum tanzt eine Blaumeise.

1. DEZEMBER

Kalter, düsterer Nieseltag.

Glück und Freude haben viele Facetten. In einer Fabel heißt es, eine Taube habe sich vor anderen Vögeln damit gebrüstet, mehr Junge als sie zu haben. Worauf ein anderer Vogel bemerkte, dies sei ja wohl nur ein kurzes Glück, da die Jungtauben in Bälde auf den Tischen der Menschen landeten. Ein knappes Glück, viel Leid, und doch ist es wohl so, dass Glück viel länger im Gedächtnis bleibt als Leid oder Unglück. Es sei denn, ich wäre ein Mensch, der nur aus giftigem Leid Kraft zöge. Im Übrigen aber ist der zeitweilig Unglückliche beweglicher, da er seinen Zustand verändern möchte, hin zum Glück, als sei dies die Natur des Menschen. Der Glückliche hat keinen Grund, seinen Zustand verändern zu wollen, er möchte sein Leben halten, so, wie es ist. Wobei klar sein sollte, dass Glück und Unglück zu jeder Zeit in jedem Menschen verschieden wirken und aufgenommen werden, in jeder Ausprägung. Ich empfinde zum Beispiel Glück und Zufriedenheit in meinem Beruf, bin aber unglücklich oder weniger glücklich in meinem privaten Umfeld, und so weiter und auch umgekehrt, anwendbar auf alles, was mir widerfahren kann. Das Auspendeln dieser Zustände macht Menschsein aus, bin „Ich".

Die Tage ziehen dahin, trüb, zäh. Prinz Bernhard der Niederlande ist mit 93 Jahren gestorben. Man sagt, er habe ein erfülltes Leben gehabt. Was mag das sein? Ausgefüllt, ja... Erfüllt, das könnte nur er selbst beurteilen. Reich an Taten oder Tätigkeiten, wenn das für ein Leben an der Seite einer Königin gemeint ist. Zigarre rauchen, Golf spielen, Flugzeuge verschachern, Amouren ausleben, grünes Barett tragen. Wenn das ausgefüllt ist, was ist dann das Leben von Livingstone, der auf der Suche nach den Quellen des Nils in Afrika starb und in Salz und Alkohol einbalsamiert nach Sansibar transportiert wurde. Von jenen Schwarzen, die damals in alle Welt verkauft wurden. Livingstone, der suchte und sein Ziel nicht fand, für den vielleicht am Ende die Suche der Inhalt seines Lebens wurde. Kein erfülltes Leben, da er das Ziel nie fand. Aber ausgefüllt in jedem Fall.

Bis vor 100 Jahren gab es Lachse in der Leine. Dann nicht mehr. Jetzt wurde ein Lachs in einer Fangstation am Wasserkraftwerk bei Hannover entdeckt, 80 Zentimeter lang, hochzeitsbereit, milchig. Die Rückkehr der Lachse. Zum Laichen in kiesigen Grund. Der Lachs wird meist einen Meter lang, in seltenen Fällen bis 40 Kilo schwer. Oben schwarzgrünlich, an den Seiten bläulich und unregelmäßig braun gefleckt, unten weißlich, die unteren Flossen sind gelblich. Das Fleisch wiederum ist rötlich, wohlschmeckend. Bei alten Männchen steht der Unterkiefer hakig vor, deshalb auch Hakenlachse, ziemlich gefräßig, listig und vorsichtig. Nicht vorsichtig genug, um jetzt als Sensation gefeiert zu werden.

Lachsforelle

Eine küchenfertige Lachsforelle (ausgenommen und gewaschen) auf gebutterte Alufolie legen, den Bauch mit 4 Knoblauchzehen, 3 Stängeln Dill, 3 Stängeln Petersilie, Salz und Pfeffer sowie 2 dicken Scheiben ungespritzter Zitrone füllen, Bauch mit feinen Stichen zunähen. Die Alufolie als Päckchen mit der Forelle auf einem Backblech 25 Minuten bei 140 Grad in den Ofen geben. Dazu Baguette.

4. DEZEMBER

Ein sehr schöner Tag. 4 Grad, keine Wolke, klare Luft. Atmen ist wie Trinken, es strömt durch den Mund und fließt in den Körper. Brust und Lungen öffnen sich, die Augen schauen besänftigt in Kiefernwälder, friedvoll entspannt. Ein solcher Tag ist nicht vergleichbar mit einem Sommertag, kein Tag reicht da heran, der Kopf löst sich und fliegt. Unversehrtes Wohlfühlen.

5. DEZEMBER

Das Schöne zeigt sich in einem Augenblick, in einem Tag. Und wie so oft verliert es sich im Mittelmäßigen, im Einerlei. Aber ist darum das Mittelmäßige der Feind des Besonderen? Wohl kaum, denn ohne das Mittelmaß gäbe es das Besondere nicht, hätten wir kein Auge für das Außergewöhnliche, für Schönes...

Grüne Kartoffeln

2 klein geschnittene Schalotten, Mehl, Butter und 1/4 Liter Gemüsebrühe zu einer hellen Mehlschwitze verarbeiten. Mischen mit 2 Bund Petersilie, 2 Bund Dill und 2 Bund glatter Petersilie, fein gehackt. Zu Pellkartoffeln.

Der Himmel verändert sich. Dezemberfahl, bleich verwaschen, kraftlos. Ein 61-Jähriger wird ein besonderes Weihnachten feiern. Zu Fuß unterwegs, betrunken, stürzte er über Schienen, blieb liegen im Gleisbett. Dann überfuhren ihn zwei Güterzüge, wovon der Mann nichts bemerkte, er schlief, wurde von Polizisten unverletzt geborgen. Vorhölle. Was mag der Mann jetzt träumen... Dunkle Schatten, die über ihn hinwegrollen...

Der Begriff „Modernes Märchen" bezeichnet Geschichten, die unglaublich, aber plausibel sind, und die wir gerne glauben möchten. Das populärste moderne Märchen handelt von einer Bürgerlichen, die von einem König geehelicht wird. Ein technisch bedingtes modernes Märchen, die viel häufiger vorkommen, weil wir vieles nicht verstehen, ist etwa die Annahme, dass ein Handy die Elektronik eines Flugzeuges stören kann. Wenn dies so wäre, gäbe es stärkere Kontrollen vor dem Flug. Diesen Gedanken denken wir aber nicht, weil wir nicht schuld sein wollen an der möglichen Katastrophe, von der wir auch noch selbst betroffen wären.

Noch vor dem Durchlass in der hohen, undurchdringlichen Buchenhecke steht die Frage, eintreten oder nicht eintreten. Gehst du hinein, gibt es nur noch das Ziel, das Zentrum, kein Zurück, Hunger, Durst, marodierende Banden, sich verirren, einsamt sterben. Beim Eintritt in den Irrgarten durchschreitest du eine gedachte Linie, schwarz und scharf brennt sie in deinem Körper, treibt dich voran, keine Wiederkehr, kein Blick zurück über die Schulter. Die nächste Wahl, links oder

rechts. Menschen tendieren dazu, sich stets für links oder rechts zu entscheiden.

Vielleicht, weil die erste Entscheidung, die erste erinnerbare Entscheidung, mit einer Richtung verbunden war, links oder rechts. Ich gehe
links, in den äußeren Gang des Irrgartens, der zehneckig angelegt ist.
Die nächste Ecke, noch eine, der äußere Gang endet nicht, ich lande
auf der gegenüberliegenden Seite. Noch einmal zurück, ich gehe
rechts. Vier aufeinander folgende Seiten zu je 15 Metern, die fünfte, bin
immer noch im äußeren Gang, erreiche wieder die gegenüber liegende
Seite. Dann also von hier aus, gehe gerade Richtung Mitte, sehe die tür-
kisblaue Kuppel zum Greifen nah, eine Wendung nach innen und
schon bin ich angekommen, in der Mitte. Mit der Erkenntnis, dass Ziele
manchmal schnurstracks zu erreichen sind. Setze mich auf ein klobiges
Steinoktaeder, dort, wo vor 50 Jahren Affen turnten. Das Vergnügen an
einem Irrgarten sollte die Irrung sein, die Verwirrung ob der Irrung, die
anfliegende Verzweiflung, der rechte Weg, das Verstecken. Suche einen
schwierigen Weg hinaus, der gleichsam der schwierige Weg hinein ist.
Nehme den linken von vier möglichen. Nach drei Metern Wendung
rechts, dann links, immer entlang der kahlen Hecke, nicht den Ausgang,
sondern den Weg suchend, wieder rechts, halbrechts, von links zwiept
eine Meise, wegekundig. Gehe links, rechts, leichte Verwirrungsten-
denzen, der Weg führt mich zurück, weg vom Ausgang, gehe wieder -
ungewollt - zur anderen Seite, bemerke, dass der Weg meine Gedanken
wegführt, weil er mich führt. Wieder nach innen, links, rechts, links und
wieder rechts, der Körper wendet sich, meine Ahnung wird Gewissheit,
noch einmal links und rechts, ein kurzer Knick, da bin ich wieder, mitten drin, im Zentrum der Erinnerungen, nicht klüger, aber heiter. Der
Weg hinaus ist einfach, einmal links und geradeaus.

Einfach, wie Leben nie sein kann.

Einfach, wie Leben sein kann.

...ebau da

8. DEZEMBER

Immer, wenn die Glocke einmal schlägt, flieht mein Schatten. Mensch kennt viele Geister. Der unheilvollste Geist ist der, der in dir selbst wohnt. Hörst du ein Tappen, ganz leicht, läuft dein Schatten rund um dich herum. Er will fort, doch du lässt ihn nicht gehen. Ist er fort, ist dein Leben verwirkt.

Bob Dylan wollte nie Prophet sein. „Es ist, als sei man in einer Edgar-Allan-Poe-Geschichte. Du bist einfach nicht der, für den dich alle halten." Sagt er nach 40 Jahren. Hätte er das nicht früher sagen können? Es hätte ihm keiner geglaubt.

Neinsagen ist eine Kunst, die man lernen muss. Nein zu sagen, ohne dass Bitterkeit zurückbleibt. So Nein zu sagen, dass der andere das Gefühl hat, man hätte gar nicht anders können, als Nein zu sagen. Ein Nein, vorgebracht mit dem Ausdruck des aufrichtigen Bedauerns, obwohl man nichts bedauert. Viele Neins machen einsam. Ein Nein hat im Grunde nichts Kreatives, ein Ja, auch das zögerliche, deutet Bereitschaft an. Ein Ja gibt dir auch selbst das Gefühl, im Lebensspiel mitzumachen. Wobei ein Ja die misslichste Form der Bestätigung sein kann. Ein Ja, das man nur sagt, um nicht Nein sagen zu müssen, kann Leid und Qual zur Folge haben. Aber wer spricht, bewegt sich. Ein schroffes Nein ist auch Bewegung, gebietet Halt, auf beiden Seiten, schafft Raum für neue Gedankenwelten. Ein Nein kann letzte Zuflucht sein. Wer ein Nein erfahren hat, kann auch selbst Nein sagen. Ein dialektisches Nein ist eine Kunstform, die der Mensch entwickelter Politik zu Grunde gelegt hat. Sage Nein zu einem Kind, und du weißt, wie dieses Wort schmerzen kann. Leiden ist eine Form der Versagung, als letztes selbst ein Dinglichwerden von Neins, vieler Neins. Neinsagen als Vernichtungsfeldzug, ohne Option, ohne Rückzugsmöglichkeit. So aber ist Menschsein nur in der Vorstellung, kompromisslos, pures Entsetzen. Das liebste Nein ist mir das zögerliche, das Nein, das alles offen lässt, das zum Gespräch auffordert, bewusst oder nicht-bewusst Unsicherheit verrät, zum Näherrücken einlädt, oder auch einfach nur freundlich ist.

Eingeschlagene Eier

Aus 2 EL Mehl, 1/4 Liter Vollmilch, 1/4 Liter Gemüsebrühe, Salz und Pfeffer eine helle Soße rühren, sanft sieden lassen. 3 Bund frischen, gehackten Dill auf die Soße streuen, nicht unterrühren. Jeweils ein Ei in eine Schöpfkelle schlagen, in der Soße versenken und etwas stocken lassen (pro Person 2 Eier). Dazu Pellkartoffeln.

10. DEZEMBER

Es ist kälter geworden, Minusgrade.

Lag wach um 5 und sprach zu mir. Wie alt bin ich... Fragte meine Nasenspitze, die schon viel gesehen hat, die da sprach: „Ich bin so alt wie du bist, aber jünger im Aussehen." Sprach mit den Beinen, die schon viel gelaufen sind: „Manchmal sind wir müde, manchmal sind wir alt, wollen nur noch liegen, doch manchmal treibt es uns, für kurze Zeit." Sprach mit den Augen, die schon viel verbargen: „Oh, manchmal sind wir müde, schon sehr, sehr alt." Fragte weiter, alle Teile, endlich kam ich zu mir selbst, flüsterte und wisperte: „Da hat sich nichts verändert, Falten hie und da, innerlich und äußerlich, doch wenn du deine Augen schließt und horchst, warte, warte, und du hörst und siehst dich. Wie du warst und bist."

Schokohappen
400 g Sechskornmix in der Mühle fein mahlen, mit 4 EL Kakaopulver, 100 g weicher Butter, 1 EL Honig und 1 TL Rum zu einer weichen Masse verrühren. In eine Auflaufform streichen und 25 Minuten bei 165 Grad backen. Das erkaltete Gebäck in kleine Quadrate schneiden. Pro Portion 4 Quadrate auf einem Dessertteller in viel Rum ertränken und mit einem guten Löffel Schlagsahne krönen.

„Die Schritte und Entschlüsse unseres Lebens sind von Neigungen, Sympathien, Grundstimmungen, Grunderlebnissen der Seele bestimmt, die unser ganzes Wesen färben und abfärben auf all unser Tun, so dass dieses sich weit wahrhaftiger aus ihnen erklärt als aus den Vernunftgründen, die wir wohl nicht nur vor anderen, sondern auch vor uns selbst dafür ins Feld führen." (Joseph, der Ernährer - Thomas Mann)

Diese Geschichte ist eine für die Ewigkeit. Vielleicht ist sie eine von mehreren, unter denen die eine verborgen ist.

In der Nähe von Verden ertranken eine 22-Jährige und ein älterer Mann in einem Auto, das in die Weser gerollt war. Polizeitaucher bargen die beiden nackten Leichen, eng umschlungen. Das Paar hatte nach einem Gaststättenbesuch zwei Bekannte nach Hause gefahren.

Was also ist passiert? Unfall oder Selbsttötung? Der Wagen kann nicht direkt in den Fluss gefahren worden sein, denn dann wären die beiden nicht ausgezogen gewesen. Das Auto muss abschüssig abgestellt worden sein, entweder aus Tötungsabsicht oder der Romantik wegen, mit Blick auf die gurgelnde Weser. Wobei betreff des letzteren der Wagen nicht abschüssig geparkt sein müsste. Ein Unfall könnte es nur dann sein, wenn der Mann oder die Frau im Liebestaumel ausgekuppelt oder die Handbremse gelöst hätten. Was zur Voraussetzung hat, dass sie sich auf den Vordersitzen geliebt haben, auf der Hinterbank ist es kaum möglich, mit Bein oder Fuß nach vorne durchzulangen. Die Fundstelle der Körper kennen wir nicht. Sind die beiden Körper auf der Hinterbank gefunden worden, war es eindeutig Selbstmord. Bleiben wir auf den Vordersitzen und bei der Unfalltheorie. Sind Gang eingelegt und Handbremse angezogen, ist ein Unfall unmöglich. Ist nur die Handbremse angezogen, ist ein Lösen derselben auch nur schwer vorstellbar. Ist nur

der Gang eingelegt, könnte durch eine heftige Bewegung der Gang ausgekuppelt werden, der Wagen in seiner abschüssigen Lage ins Rollen
kommen und in die Weser geraten, ohne dass es, beziehungsweise zu
spät, von den Berauschten bemerkt wird. Dies ist alles eher unwahr-
scheinlich.

Bleibt die Selbsttötung, von der wir nicht wissen, ob sie von einer Person oder von beiden Personen gemeinsam betrieben wurde. Wir mut-
maßen. Die beiden suchten einen einsamen Platz, um sich ungestört
lieben zu können. Oder nicht? Zogen sie sich aus, um gemeinsam und
nackt zu sterben? War der Entschluss der Selbsttötung geplant oder
spontan? Noch einmal lieben und dann sterben. Oder auf dem Höhe-
punkt einer Liebe sterben. Letzteres bedingt eine romantische Erhöhung
oder einen vernunftmäßigen Umgang mit Liebe. Nicht sicher ist, ob die
beiden sich ein letztes Mal geliebt haben, worauf die enge Umarmung
im Tod hinweisen könnte. Muss aber nicht sein. Die Umarmung kann
auch Ausdruck für die Suche nach Trost in der Verzweiflung sein. Dies
liegt nahe, nicht, weil wir es aus poetischer Erfahrung gern so haben
möchten. Der Mann und die Frau hatten eine belastete Beziehung. Was
vieles sein kann, hier regiert der Konjunktiv, das Vielleicht. Eine unge-
wollte Schwangerschaft, Probleme mit dem familiären Umfeld, Aus-
sichtslosigkeit in der Lebenssituation beider Menschen. Bleibt der
Gedanke an den Tod, an die Möglichkeit, der Hoffnungslosigkeit zu
entrinnen. An dieser Stelle wird die Deutung persönlich, hier sucht sich
der Zeitungsleser sein eigenes Wollen, seine eigene Geschichte.

Nachtrag: Laut späterer Meldung handelte es sich um einen Unfall...

12. DEZEMBER

Dritter Advent, feuchte, sonnenlose 6-Grad-Luft. James Brown hat Prostatakrebs. Mit 71. Get on up, James. Mir schien immer, dass seine Bewegungen nicht einer Lust, sondern einer Last entsprangen.

13. DEZEMBER

Nebelfeuchte Kälte, der Tag wird nicht Tag. Im Efeu sitzt ein Zaunkönig. Windstille.

Zimttee
Zwei Zimtstangen mit einem Liter kochendem Wasser übergießen, 15 Minuten ziehen lassen, abgießen und mit einem TL Honig in eine Thermoskanne geben. Schönes Tagesgetränk. Dieses kann auch Grundlage für Zimtespresso sein.

Norderney Blues
O.km '04/05

14. DEZEMBER

Mit der Fähre auf die Insel. Flut, auf der drei Enten dümpeln. Grau-
braunes Wasser, unappetitliche Soße, die im Nebel nicht freundlicher
wird. Leichter Seegang, im Watt stecken drei Birkenpricken, dort, wo
sonst Seehunde liegen. Ein paar Möwen fliegen über das Wasser, lust-
los. Nach 35 Minuten tauchen schemenhaft Gebäude auf, Norderney,
Gedanken, die fern des Meeres weilten, kehren zurück in die Nordsee.
Die Fähre legt an. Kaum auf der Insel, das Gefühl von Ferne, losgelöst,
abgesetzt, aber doch nicht in einer anderen Welt. Das sieht auch Paul
Tyarks so. Leserbrief in der Norderneyer Badezeitung. „Es gab Zeiten

auf Norderney, da waren die Haustüren Tag und Nacht offen. Die Zimmerschlüssel hingen zweckmäßigerweise gleich neben der Zimmertür. Das waren Zeiten! Heute kann man leider nicht mal mehr den Weihnachtsbaum auf der Terrasse stehen lassen! Dem Dieb ein schönes Weihnachtsfest."

15. DEZEMBER

Ab Mittag Regen. Nicht dieser kräftige Regen, den man erträgt, weil er bald wieder abgezogen ist. Ein durchdringender Nieselregen, der nicht aufhört, kalt, zehrend. Halb vier am Hafen, schon wird es dunkel, als wäre der Tag die andere Seite der Nacht, halbdunkel, braun und grau. Richtung Leuchtturm ein rotes Fähnchen zwischen Menschen, die boßeln. Am Wegesrand, im Dünengras, ein Erpel und zwei Enten, etwas beunruhigt, schnattrig.

16. DEZEMBER

Keine Wetteränderung. Auf Flachdächern stehen Pfützen, die den Eindruck vermitteln, sie würden bis zum nächsten Sommer nicht wegtrocknen. Fensterausschnitt vom Hotel. An der Nordsee häufig von Möwen durchflogen. Strandsuche. Lichter gehen nicht mehr aus, die Nacht hält an. Und irgendwann soll hier alles anders sein, bedeckt von Wasser, das gegen fernere Ufer läuft.

Wintermorgen
O. [signature]
2005

17. DEZEMBER

Eine Woche vor Weihnachten. Sonnenaufgang gegen halb neun. Eine dicke Regenwand ist vom Wind weitergeschoben worden, feine rote Wölkchen tanzen am Himmel. Zeit, sich an den Winter zu gewöhnen. Nicht mehr bei jedem Spaziergang „kalt" denken. Winter ist kalt, muss eingelebt werden, mit dicken Sachen, mit dem Kopf. Selbst die Eichen am Hundeweg sind jetzt leer gefegt, kein Blatt, das erinnert. Und doch keimt die Idee des Kommenden. Wenn das andere fast vergessen ist.

Camembert-Creme
Einen halben, sehr reifen Camembert aus der Normandie mit 125 g weicher Butter, 1/2 TL Paprikapulver, 1 Prise Cayenne-Pfeffer, 1 Prise Salz und 1 Prise Zucker vermengen. Das ergibt einen wunderbaren Brotaufstrich für das

Möhren-Walnuss-Brot
400 g Mehl, 2 Päckchen Hefe, 400 g fein geraspelte Möhren, 150 g fein gemahlene Walnüsse, Kräutersalz, 1 Prise Zucker und lauwarmes Wasser zu einem Hefeteig verarbeiten. Ausreichend gehen lassen und in eine Kastenform füllen. Nochmals ruhen lassen und bei 175 Grad circa 25 Minuten backen.

18. DEZEMBER

Warten auf den Sturm. Auf Schneeregen. Nichts von beiden kommt. Am Nachmittag leichter Schneefall, Schnee, der liegen bleibt, dünn, schmalweiß, vergänglich.

19. DEZEMBER

Vierter Advent. Kein Schnee, kein Sturm, stattdessen Sonne. Denke an Weihnachten. Weihnachten als die rührselige Erinnerung an Zeiten, in denen Familie noch funktionierte. Stehe Weihnachten gleichgültig gegenüber. Ich nehme daran teil - schon der Kinder wegen. Und ich nehme daran teil, weil Heiligabend ab drei der Duft der Gans das Haus verzaubert. Ich nehme daran teil, weil Schenken Freude bereitet. Ich nehme daran teil, weil Menschen Erwartungen an mich haben. Und ich die Erwartung habe, einen besonders guten Rotwein zu trinken. Hätte mir jemand vor 30 Jahren prophezeit, ich tränke mit 50 alten Rotwein, und das auch noch mit Genuss, ich hätte ihn verständnislos angesehen. Zeit bringt Strandgut, vorhersehbar. Ist das Vorhersehbare eingetroffen, siehst du auch selbst die Zwangsläufigkeit des Geschehenen. Es hat so kommen müssen. Aber: Es hätte auch anders kommen können. Und dieses Andere wäre für uns dann auch zwangsläufig. Wir tendieren dazu, das Leben so zu deuten und hinzubauen, dass es passt. Außerdem haben wir das Andere, das nicht gekommen ist, ja nicht erlebt, haben es nicht gefühlt. Es kommt, wie es kommt, sagt der Volksmund. In der Zeit, in dem, was geschieht, ja, aber nicht im Kopf. Da könnte es immer anders kommen, vorstellbar sind viele Möglichkeiten, viele Wege. Der Zeit ist das egal, die Zeit fließt oder krümmt sich, wie sie will. Sie ist da und nicht da, sie ist an einem anderen Ort, wiederholt sich und rast davon. Unser Leben aber ist endlich, das Leben, das wir hier auf der Erde leben. Wir verschwinden nicht im gekrümmten Raum, in einem Wurmloch, unauffindbar, was gerade noch begrüßenswert wäre, befänden wir uns in einem unlösbaren persönlichen Dilemma. So verschwinden wir in uns selbst, in stummer Demut, suchend.

20. DEZEMBER

Die längsten Nächte. Und für kurze Zeit richtiger Winter. 4 Grad minus, gefrorene Autofensterscheiben, kaltrote Sonnenaufgänge. Der Wetterbericht als Fortsetzungsstory. Wie wird es Weihnachten? Wie fast immer. Schmuddelig, wärmer.

21. DEZEMBER

Schnapphahn und Schnepfendreck. Der Schnapphan war ursprünglich eine Silbermünze, auf der ein Reiter auf galoppierendem Pferd dargestellt war. Das Volk sah diesen Reiter als Raubritter und fügte ein h hinzu, Schnapphahn, später gleichbedeutend mit Räuber, weil Raubritter ausstarben. Schnepfendreck hängt tatsächlich mit Schnepfen zusammen, diesen Stelzvögeln mit den weit nach hinten liegenden Augen, mehr oder weniger braunem Gefieder. Sie fressen Insekten, Mollusken, Würmer. Die Gedärme der Schnepfen enthalten eine große Menge Eingeweidewürmer. Gedärme und Würmer wurden gehackt, gewürzt, auf Brotscheiben gebacken. Das war dann der Schnepfendreck und galt als Leckerbissen. Verloren, vergangen.

Winteranfang. Tatsächlich schneit es. Zögerlich, dann etwas stärker, Schneematsch auf den Straßen. Als wollte der Winter ein kurzes Gastspiel geben, wie ein Clown, der den Zuschauern eine lange Nase zieht. Wir sind aber keine Zuschauer, wir sind mittendrin in der Geschichte. Und als solche werden wir feststellen, dass der Schnee wieder nicht liegen bleibt. Auch wenn wir die wollenen Wintermützen noch tiefer auf die Augen ziehen, es wird nichts nützen. Der Clown ist unerbittlich.

Bohnen-Thunfisch-Salat
Thunfisch naturelle von 2 Dosen abtropfen lassen, ebenso 1 Dose weiße Bohnen. 3 rote Zwiebeln in sehr feine Streifen schneiden, 2 Bund glatte Petersilie fein hacken. 1 TL Senf, 1 TL Kapern, 1 Prise Zucker, Salz und Pfeffer, 3 EL Rapsöl, milden Essig und etwas Zitronensaft zu einer Marinade verrühren und zu den Zutaten geben, alles mischen und ziehen lassen. Passt wunderbar zu natur gebratenem Schnitzel.

Manchmal verliert man seine Träume. Sie zerrinnen zwischen den Fingern wie Wasser, du kannst sie nicht festhalten. Du müsstest sie trinken können, damit sie durch deinen Körper laufen, was du nicht benötigst, scheidest du aus. Der Schnee ist verschwunden. Es war ja nicht viel, was da herumlag, aber es war ein Stück Hoffnung. Nun regnet es ununterbrochen. Weihnachtsbaum besorgt. Geheimtipp. Alle Bäume für 14,50 Euro. Traurige Bäume. Ohne Spitzen, ohne ausladende Seitenäste, schief gewachsen, klein. Nur einer, der stand da als Sonderangebot. Nun wartet er im Garten auf seine Stunde, die Stunde, die ihn erstrahlen lässt, eine kurze Stunde. Der Baum, der früher Christbaum hieß. Bekannt ist, dass 1605 ein mit Äpfeln geschmückter Baum in Straßburg auftaucht und 1611 Dorothea Sybille von Schlesien den ersten mit Kerzen geschmückten Tannenbaum in ihrem Schloss aufstellen lässt. Warum, ist unklar. Wahrscheinlich hat es ihrer deutschen Seele sehr gefallen.

24. DEZEMBER

Um die Ecke bog ein rot bekleideter Mann, schweren Schrittes. Er seufzte und ächzte unter der Last, die auf seinen Schultern lag. Auf der Stirn standen ihm Schweißperlen, doch plötzlich stutzte er und lachte: „Hohoho, haha...". Solches und ähnlich Weihnachtliches ging mir durch den Kopf, als ich vor dem Baum im Wohnzimmer stand und überlegte, welche Kugelfarbe es in diesem Jahr sein müsste. Ich hätte auch Früchte und Zuckerware in den Baum hängen können, wie unsere Vorfahren. Nur sind heutzutage Äpfel keine Mangelware. Und farbiger als Kugeln sind sie auch nicht. Die verdanken wir übrigens Justus Liebig, der 1870 die Kunst erfand, Glaskörper von innen zu versilbern. Ich entschied mich für Violett.

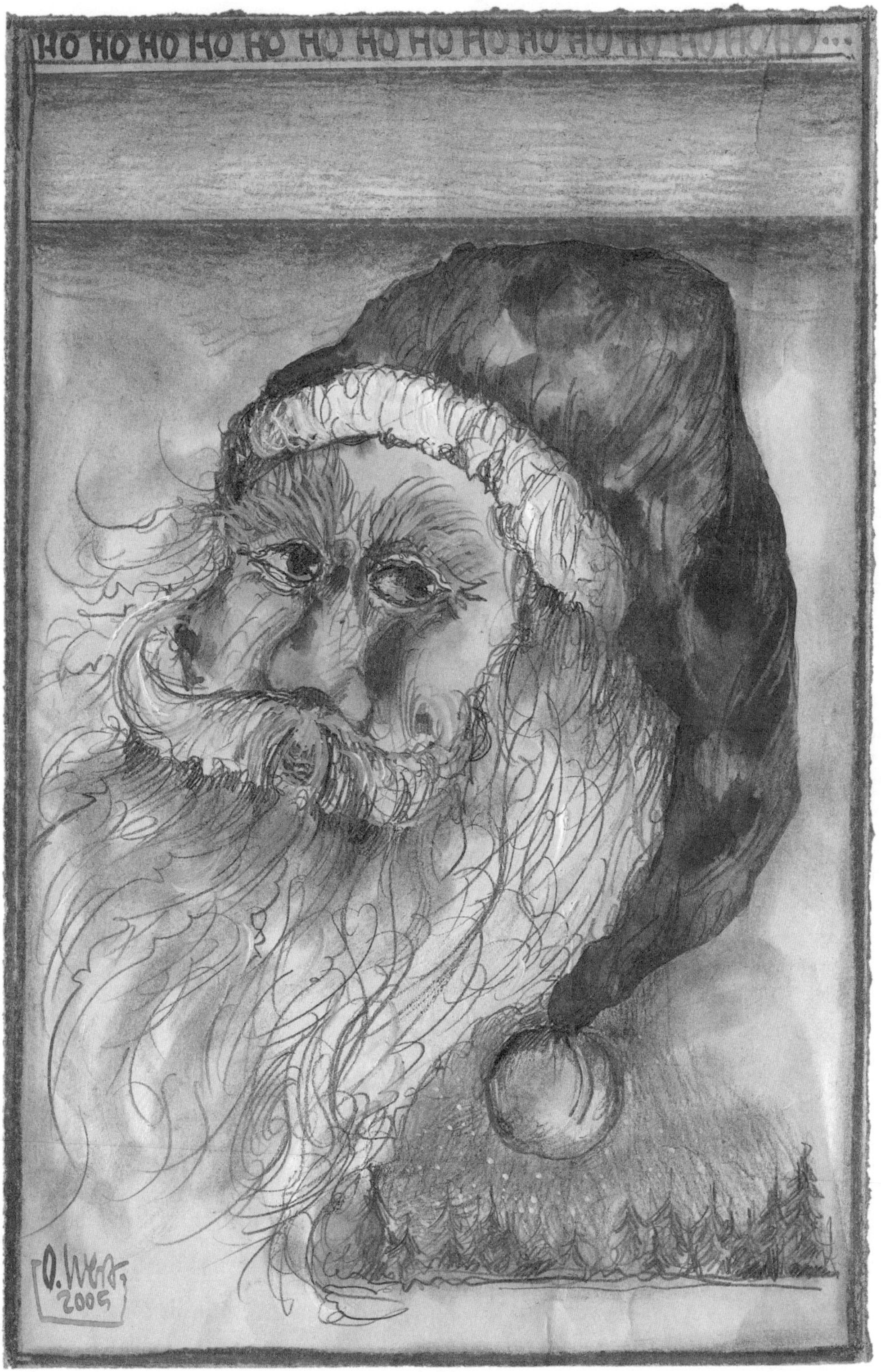
HO HO HO HO HO HO HO HO HO HO HO HO HO HO HO...
2005

Lammröllchen

Pro Person eine Scheibe Lammfleisch aus der Keule. Fleisch mit mittelscharfem Senf bestreichen, salzen und pfeffern. Estragon, Oregano, Schalotten fein hacken, mit Olivenöl mischen und gut portioniert auf das Fleisch geben, das Lamm aufrollen und mit Holzspießchen feststecken. Fleischröllchen in Butterschmalz von allen Seiten braun anbraten, klein geschnittenes Suppengemüse dazugeben, kurz anschmoren, jeweils 1/8 Liter Lammfond und 1/8 Rotwein hinzufügen und alles bei geringer Hitze 1 Stunde schmoren lassen. Röllchen herausnehmen und warm stellen. Bratenfond durch ein Sieb gießen, Flüssigkeit etwa um die Hälfte einkochen lassen, Créme fraîche einrühren und Soße abschmecken. Zu den Fleischröllchen servieren.

25. DEZEMBER

Schlecht geschlafen. Magen und Darm waren mit der traditionellen Heiligabend-Gans überfordert. Angeblich soll ja Elisabeth I. von England für den Gänsebrauch verantwortlich sein, weil sie zufällig Gänsebraten aß, als sie die Botschaft vom Sieg der englischen über die französische Flotte erreichte. Zum Dank und wohl eher aus vorausschauendem Aberglauben aß sie dann jedes Jahr wiederkehrend Gänsebraten. Es gibt aber auch andere Traditionen. Bei meinen Eltern gab es Heiligabend Frankfurter Würstchen mit Kartoffelsalat, an der Deckenlampe hing ein fetter Aal, festgebunden mit einer knallroten Schleife. Manche essen Karpfen, manche Grünkohl. Der Morgen des 1. Weihnachtsfeiertages ist friedlich, fast besinnlich. Noch im Schlafanzug eine erste Tasse Tee, drum herum der Duft aus Tanne und Gans.

Nahezu beiläufig haben sich die ersten Krokusse durch die Rasendecke geschoben. Ein bräunliches Feld spitz auslaufender Knollen, durchaus wehrhaft anzuschauen. Am Eingangsloch eines Nistkastens unter dem Kirschbaum hängt eine Blaumeise, mutmaßlich eine der beiden, die in diesem Jahr hier gebrütet haben. Ist schon Frühling?

Der Kabeljau-Bestand in der Nordsee ist zusammengebrochen. Man schätzt ihn auf verbliebene 100.000 Tonnen. Um 1900 kamen jährlich 150 Millionen getrocknete und gesalzene Kabeljau auf den Markt, was den Brockhaus von 1896 zu der Bemerkung veranlasste: „Trotzdem hat sich keine Verminderung der Kabeljau gezeigt." Was für ein Wunder. Bis das Wunder ein Ende nahm und endlich auch der Kabeljau dem Raubbau Tribut zollte. Ein schöner Fisch, 1,50 Meter lang und bis zu 50 Kilo schwer. Sein Name leitet sich ab aus dem Portugiesischen, bacalhao, oder auch baculo, Stock. Denn wenn er an der Luft getrocknet wird, heißt er Stockfisch, gesalzen und danach getrocknet Klippfisch, nur eingesalzen oder gepökelt Laberdan, nach der schottischen Stadt Aberdeen, die früher der Haupthandelsplatz für isländische Kabeljau war. Und das noch: Die Färbung des Kabeljaus ist individuellen Schwankungen unterworfen, im Allgemeinen aber auf dem Rücken und an den Seiten olivgrün bis braun mit zahlreichen dunklen Flecken, an der Unterseite silberweiß ohne Flecken. Und das auch noch: Aus der Kabeljauleber wird der als Heilmittel bewährte Lebertran bereitet. Gibt es heute nicht mehr, ist ebenso verschwunden wie der Kabeljau. Lebertran ist flüssiges, fettes Öl, soll den Körper magersüchtiger Kinder ernähren und kräftigen. Mit hoch konzentrierter Fettzufuhr. Und er schmeckte ekelhaft, zum Brechen. Allein der Anblick der kleinen braunen Flaschen verursachte in mir überbordendes Würgen.

Lachs in Estragon-Soße
*Für jeden Esser ein schönes Stück frischen Lachs. In Olivenöl anbraten, aus
der Pfanne heben und in Alufolie warm stellen. 4 klein geschnittene Schalotten in dem Olivenöl glasig ziehen lassen, den Fond mit 1 Becher Sahne ablöschen, reduzieren. 1 EL Estragonsenf und Kapern nach Lust unterrühren, Pfanne vom Herd nehmen, ½ Glas Chablis dazu, ebenso getrockneten Estragon,
zerrieben zwischen den Fingern. Den Lachs wieder in die Soße betten.*

27. DEZEMBER

Das Wetter fährt Achterbahn. Mal ist es zwei Tage kalt, dann wieder
wärmer, und zurück. Zwei Nachträge. Krähen haben Fähigkeiten entwickelt, die denen der großen Menschenaffen nicht nachstehen. Beim
Einsatz von Werkzeugen und beim Planen der Lagerung von Nahrung
übertreffen sie Affen sogar. Und Prinz Bernhard: „Wenn die Menschen
denken, dass ich mich ab und zu wie ein Schuft verhalten habe, dann
gebe ich ihnen Recht." Beide Nachträge im Zusammenhang führen
mich zu der Frage, was eigentlich von der Silvesternacht 1999/2000
geblieben ist, dem Jahrtausendwechsel. Nichts. Historisch ist der Wech-

sel insofern, als die 1 zur 2 geworden ist, auch dies ja nur eine christliche Festlegung, weil die Zeit der Welt mit der Geburt von Jesus von Nazareth neu gestartet wurde. Eine willkürliche Festlegung, von der eine gewisse, wenn nicht beträchtliche Arroganz ausgeht. Wer weiß schon, wie die Welt beschaffen ist... Und Christen sind in der Tat als Anteil an der Weltbevölkerung nicht in der Mehrheit. War die Silvesternacht 2000 im Zahlenwechsel einmalig, so war sie sicher nicht einmalig in der Erlebniswelt. Zwar wurden in den meisten Großstädten der westlichen Hemisphäre Riesenfeste gefeiert, doch kein Fest überdauerte. Und hat man selbst das Gefühl des Miterlebens, des Dabeiseins gespürt, das Ergriffenheit zurücklässt und die Erinnerung bereichert? Nein. Nur fünf Jahre danach weiß ich nicht einmal mehr, was ich in jener Nacht getan habe. Wohl das, was ich meistens tue. Trinken, essen, zwei bis drei Raketen in die Luft jagen. Und was hätte auch Großartiges passieren sollen? Ändert sich die Welt von einem Tag auf den anderen, nur weil die Jahreszahl künftig mit einer 2 beginnt? Die Welt ändert sich nur dann, wenn wir es nicht erwarten.

28. DEZEMBER

Seebeben vor Sumatra, mit starkem Nachbeben im Golf von Bengalen. Das Erdbeben soll mit 9,0 auf der Richter-Skala das stärkste Erdbeben der vergangenen 40 Jahre gewesen sein. Der Tsunami in Südostasien und Ostafrika hat bis heute 60.000 Tote zur Folge. - Menschen vergessen allzu gern, oder wissen es gar nicht, dass wir auf einer mehr oder weniger dünnen Kruste leben, unter der es extrem heiß ist. Und diese Kruste ist weniger dicht als die Schale eines Apfels. Es war ein Erdbeben mit schlimmen Folgen, aber kein Terrorakt der Natur.

Manchmal, hin und wieder, sitzt mir ein dicker Kloß im Körper, schwer wie Blei, unter den Rippenbögen, dumpf im Magen, unverdaubar. Er rumpelt, zerrt und zieht... Und sitzt doch fest, nicht fortzuatmen. Vielleicht sollte man manchmal einfach anders atmen. Es gibt viele Dinge, die ich nicht verstehe. Viel mehr Dinge, die ich nicht verstehe. Insbesondere, wenn sie mit Gefühlen verbunden sind und in die ich selbst verwickelt bin. Aber ist die Betrachtung eines Pappkartons mit Gefühl verbunden? Die Berechnung eines Dreiecks? Oh ja. So lange und sobald du lebst, fühlst du. Und verbindest Gelebtes mit Gefühlen. Und Objekte. Gefühle begründen Denken. Wahr oder nicht wahr... Ich würde gern mehr verstehen... Reicht ein Leben dazu nicht aus, oder ist es schon ein Leben zu viel... Wachträumte von einem Leben, allein, sinnend, schauend, in weitem Land. Wachträumte entschlossen, mit heruntergezogenen Mundwinkeln, gespannten Wangenmuskeln, knurrend. Momente ohne Zweifel, ein Zustand, der nicht lange hält. Wohin mit uns...

29. DEZEMBER

Manchmal fehlt mir Kraft.
Ich erwache und bin müde.
Ich sollte weinen.
Tränen auf der Seele.
Schleppe mich in die nächste Nacht.

Habe mich immer gefragt, wie ein Neunauge aussieht. Hätte gedacht, das Neunauge ist ein Fisch mit vorgetäuschten Augen auf dem Rücken, die den Zweck haben, einen Räuber in die Irre zu leiten. Tatsächlich sieht dieser Fisch fast aus wie ein Aal, ist aber offensichtlich kein Aal, ist ein Rundmäuler.

Der deutsche Name Neunauge rührt daher, dass plumpes Volk außer den Augen auch noch die äußeren Kiemenöffnungen an der Seite (jeweils sieben) als Augen ansah und zählte. Wobei dann ja rein rechnerisch 16 hätte herauskommen müssen. Das eigentliche Sechzehnauge hat eine merkwürdige Unart. Es saugt sich fest, unlösbar, wenn es nicht will, an Steinen und an anderen Fischen. Warum es dies an anderen Fischen tut, ist denkbar. Genmischungswunsch, hormonelle Probleme, Liebesbeweis, alles ist möglich. Tatsächlich ist das Neunauge ein Parasit, der Fleischstücke aus seinem Wirt herausraspelt. Warum es sich aber an Steinen festsaugt, ist unklar.

Es wird ja wohl nicht Steine abraspeln... Das gewöhnlichste Vorkommen war einmal das gemeine Neunauge, das Flussneunauge, auch Bricke, was lange nicht mehr gemein ist, weil es selten geworden ist. Die Bricke ist 30 bis 45 cm lang, grünlich, an den Seiten gelblich, mit einer eckigen hinteren Flosse, die in die Schwanzflosse übergeht. Es wird behauptet, man könne die Bricke frisch gebraten oder mariniert essen, sie sei wohlschmeckend, am besten die Lüneburger Bricke. Allerdings muss sie nach dem Waschen 5 Stunden gut mit Salz bestreut stehen, um ihr giftiges Hautsekret unschädlich zu machen. Sie ist schwer verdaulich... Was bedeuten könnte, dass das Neunauge wie der Aal sehr fett ist und nach Schnaps schreit.

Neunauge vom Rost
Den besalzten und ungiftigen Fisch in 6 bis 8 cm lange Stücke schneiden, mit
Salz und Pfeffer würzen und, mit Olivenöl bepinselt, auf dem Rost grillieren.
Mit kleinen Essiggurken und Senfbutter anrichten.

31. DEZEMBER

Silvester. Es regnet. Silvester verdankt seinen Namen zwar einem gleichnamigen Papst, ist aber ein durchaus weltliches Fest, ausschweifend, böse Geister vertreibend. Viele Silvesterbräuche sind vergessen, zum Beispiel das Wetterorakel, bei dem 12 Zwiebelschalen, eine jede für einen Monat, mit Salz bestreut werden. Je nachdem, ob das Salz nass wird oder trocken bleibt, fällt die Wetterlage des jeweiligen Monats aus. Oder das Liebesorakel, bei dem man einen Schuh rückwärts über die Schulter durch eine Tür wirft. Zeigt die Schuhspitze zur Tür, verheißt dies mehr oder weniger deutlich Liebesglück. Höchstes Liebesglück, zeigt die Schuhspitze direkt zur Tür. Was heute selten beachtet wird, ist der Rat, am Neujahrstag nicht zu spät aufzustehen, weil andernfalls das ganze Jahr Schlafprobleme drohen. Oder dass Silvester kein Geflügel gegessen werden sollte, weil ansonsten im neuen Jahr mögliches Glück davonfliegen könnte. Also doch lieber Karpfen, der ein paar Tage vor dem Verzehr ausgenüchtert worden ist. Und nicht die Karpfenschuppe vergessen. Im Portemonnaie aufbewahrt, sorgt sie das ganze Jahr über für Geld und Wohlstand. Nicht mehr zu finden auf dem Silvesterspeisezettel: Linsen- oder Erbsensuppe, Sauerkraut und Rippchen oder Kartoffelsalat, ein ehedem eingebürgerter Brauch aus Tschechien. Und wo in Norddeutschland sind die Kinder, die am Neujahrstag mit dem Rummelpott herumgehen und Lieder singen? Der Rummelpott ist ein tönerner Topf, über den eine Schweinsblase mit einer Öffnung gespannt ist. In dieser Öffnung steht ein Stück Schilfrohr, das beim Reiben mit der Handinnenfläche ein brummendes Geräusch verursacht. Vergangen. Vergessen. Ohne Bedauern. Weil nur etwas bedauert werden kann, von dem man Kenntnis hat.

Karpfen blau
Den ausgenommenen Karpfen 10 Minuten in Essig stehen lassen, dadurch wird er blau. Ca. 20 - 25 Minuten im köchelnden Fischsud aus Wasser und Gewürzen garen lassen.

Januar-Prolog

O ihr verwirrten Menschen. Tretet vor die Tore der Stadt und freut euch des Spektakels, das euch geboten wird. Es ist nur Schein. Der Weltenkoch zieht an den Reißleinen und heraus purzeln Liebe, Streit und Vergebung.

Die Unesco hat eine Glücksuntersuchung in Auftrag gegeben, nach der Deutschland unter 70 Ländern Platz 68 belegt, knapp vor Bulgarien und Äthiopien. Glück ist demnach messbar, vergleichbar und interpretierbar. Die Wissenschaft von der Ökonomie des Glücks beschäftigt sich nicht mit dem tieferen Sinn von Glück, also mit der Frage, warum wir glücklich oder unglücklich sind. Es geht vielmehr um die Erforschung der Frage, wie sich Arbeit und Privatleben auf persönliches Glück auswirken. Eine britische Forschergruppe hat zum Beispiel herausgefunden, dass Blumenverkäuferinnen eine höhere Arbeits- und Lebenszufriedenheit aufweisen als ungleich besser bezahlte IT-Kräfte. Gründe: regelmäßiger Kundenkontakt und die gesellschaftliche Akzeptanz der Beschäftigung, die beide zusammen ein höheres Gehalt mehr als aufwiegen.

Ältere Menschen sind glücklicher als jüngere. Über 60-Jährige sind sogar überdurchschnittlich zufrieden mit ihrem Leben, kein Wunder, wenn man entspannt auf sein Lebenswerk zurückblicken kann. Genieße die Tage. Ob das auch den notorisch verdrossenen Deutschen hilft, ist eine andere Frage. Der niederländische Glücksforscher Ruut Veenhoven meint, der entscheidende Unterschied zwischen Glücklichen und Unglücklichen bestehe darin, Glück im Moment seines Erscheinens erkennen und in der Folge genießen zu können. Vielleicht glauben Deutsche einfach nicht, dass gerade ihnen Glück widerfahren kann. Vielleicht ist es einfach nur das Wetter. Und warum erkennen Deutsche Glück nicht? Hat das Glück so viele Verkleidungen, dass es unerkannt vorüberrauscht? Ist allein schon diese Frage dem Glücksempfinden abträglich?

2. JANUAR

Silbernacht, Silbermond, Silberstern.
Silberberg, Silberstein, Silberfels.

In einer Silbernacht trat ich vor die Tür, den Silbermond zu bestaunen. Silberstern, flüsterte ich, gib mir Glut, Mut und Kraft. In einer solchen Nacht möchte ich wohl den Silberberg besteigen, durch Silberstein und Silberfels.

3. JANUAR

Milde 4 Grad, zeitweilig schüttet es. Zum Futterplatz im Garten kamen in den vergangenen Tagen häufig ein paar Goldammern. Das Männchen sieht aus wie ein dickerer Sperling, der sich einen Scherz erlaubt. Kanariengelber Kopf, gelber Bauch. Die braucht es, weil es eine Saisonehe führt, sich dann etwas Neues sucht. Das Weibchen baut das Nest allein, brütet allein, wird aber vom Männchen gefüttert. Soviel zumindest. Singt exponiert auf einer Baum- oder Buschspitze, volksmundig übersetzt etwa „wiewiewie hab ich dich liiieb", typisches Frühlingsgebaren.

Die Flutkatastrophe in Südostasien im Weblog.

An alle da draußen... schätzt wert, was ihr habt... selbst die kleinsten Dinge und Ereignisse, die ihr für unwichtig haltet... (Malaysia, 27. Dez.)

Habe fünf Freunde gefunden, zwei tot. Von den fünf sind vier zurück in Colombo. Der letzte hängt fest wegen einer kaputten Brücke. Hat sein

Bein gebrochen. Aber er lebt. Habe mit ihm gesprochen. Er wurde weg-gespült, konnte aber ans Ufer schwimmen. Sagte, er hätte den ganzen Tag Leute beerdigt. Sie einfach vom Strand gezogen und Löcher mit den Händen gegraben. Er klingt verstört. Vermute, das passiert, wenn man Gräber aushebt. (Sri Lanka, 28. Dez.)

Ich war etwas schockiert, als ich in der BBC gesehen habe, wie Kisten aus einem tief über ein Katastrophengebiet fliegenden Flugzeug gewor-fen wurden. Es sah achtlos aus, und der Gedanke, ein Unglück zu über-leben, nur um dann von einer Kiste Evian getötet zu werden, ist zu viel. (Sri Lanka, 29. Dez.)

In Thailand diskutierten am Tag der Katastrophe führende Meteorologen schon kurz nach 8 Uhr morgens, ob nicht wegen des starken Erdbebens tödliche Meereswellen entstehen könnten (die Welle erreichte Phuket kurz vor 10). Sie konnten sich zu keiner Warnung durchringen. Die Seismologin Sumalee Prachub: „Vor 5 Jahren gaben wir nach einem Erd-beben in Papua-Neuguinea eine solche Warnung heraus, aber die Tou-rismusbehörde beschwerte sich, das schade dem Fremdenverkehr."

Die Zahl der Toten liegt jetzt bei geschätzten 160.000.

4. JANUAR

Als ich über Glück sann, fielen mir viele Wörter ein. Freude, Liebe, Son-nenaufgang, jagende Fledermäuse in der Dämmerung, eine Nachtigall in einer lauen Sommernacht, ein früher Milchkaffee auf einem Wochenmarkt, tiefer Schlaf, lichte Buchenwälder, ein Saunagang, blaue

Wiesen, jubilierende Feldlerchen, Augen, in die ich schaute. Und Erkenntnis. Die vor allem. „Es gibt Eindrücke, die der Wiedergabe mit Worten entzogen sind, weil sich nicht darstellen lässt, wie gerade dieser Augenblick zustande kam: Alles, was man bis dahin gewesen war, gebar ihn, den mit Gefühlen besetzten." (Otto Flake, Es wird Abend)

Seit einigen Jahren trinke ich im Januar keinen Alkohol, esse mäßig. Ich habe das Gefühl, dies ist ein Rundumschlag für Körper und Geist. Das Problem in der ersten Woche liegt darin, Körper und Geist auf eine andere Sättigungsebene zu bringen. Es ist dies der Mangel, die Untertreibung. Im Mangel verborgen liegen Klarheit und Reinheit.

Was Leichtes...
200 g grobe Sojawürfel mit Wasser bedeckt ziehen lassen, bis sie auf das Doppelte aufgequollen sind. Die Sojawürfel in Olivenöl anbraten, mit einem Becher Sahne ablöschen und mit Curry, Salz, Pfeffer, Cayennepfeffer kräftig würzen. Aufkochen, mit einem Glas Satesoße vermischen und zu Duftreis servieren.

5. JANUAR

Amerikanische Forscher haben herausgefunden, dass schon geringe Mengen des gelben Curryfarbstoffes Curcumin die Bildung von Eiweißplaques im Hirn verhindern. Die Substanz soll sogar in der Lage sein, bestehende Ablagerungen wie bei Alzheimerpatienten aufzulösen. Curcumin gleich Kurkuma, ein indisches Ingwergewächs, in Deutschland bekannt als Gelbwurz, mit dem früher gefärbt wurde. Kurkuma ist Hauptbestandteil von Curry, gibt der Gewürzmischung aus Pfeffer, Chili, Kardamom, Koriander, Ingwer, Kümmel, Muskat, Zimt und

Bockshornkleesalat die typische Farbe und den Geschmack. Und Hirn-frische. Was sich bei der Beliebtheit von Currywurst in Deutschland bemerkbar machen müsste. Wer zusätzlich Wein mit Curry würzt, ist noch besser dran, zumal das gut zusammengeht.

6. JANUAR

Je weniger ich esse, desto mehr denke ich an Essbares. Dreierlei. Matelo-te, Kapaun und Fleur de Sel. Matelote im Deutschen wäre sicherlich ein profanes Fischragout. Im Französischen im Grunde, vom Ursprung her, ebenso. Ein Mahl der Fischer, die auf dem Boot zubereiteten, was im Hafen keine Abnehmer fand, ein Mahl aus dem Beifang. Zu diesem Bei-fang gehörten auch Edelfische wie die Lotte. Diese Zeiten sind vorbei. Das gilt fast auch für den Kapaun, einen kastrierten Masthahn, der nach acht Monaten bis zu 3,5 Kilo auf die Waage bringt, das Fleisch mild, weiß und etwas fett.

Der operative Eingriff am 12 Wochen alten Hahn gilt heute als Tier-quälerei, dazu wurden Kamm und Bartlappen abgeschnitten, die Stim-me des Tiers wird heiser, nahezu gläsern, in der Rangordnung stehen Kapaune ganz unten, werden sogar von Hennen angegriffen. Berühmt wegen ihres außerordentlichen Geschmacks: Die Chapon de Bresse. Berühmt und in Deutschland wenig bekannt, das gilt auch für die Blume des Meeres, für Fleur de Sel. Selbst in Frankreich fast vergessen, erst in den 80ern wiederentdeckt, weil die Würze des Fleur de Sel mit nichts vergleichbar ist.

Fleur de Sel, eine schwimmende Salzkruste, die sich nur bei gutem Wet-ter und richtigen Windverhältnissen in den atlantischen Salzwiesen bil-det, separat geerntet wird, mit einem hohen Anteil von Magnesium und Jod sehr mild schmeckt. Salzblumen, beim Essen nussig knirschend.

Matelote vom Seeteufel

Seeteufelfilet (ca. 300 g für 4 Personen) waschen und in Medaillons schneiden. 4 großen Garnelen die Köpfe abschneiden und die Schwänze aus der Schale lösen. Dazu die Schale der Länge nach einschneiden, am Schnitt aufbiegen und den Schwanz herauspulen. Das dicke Schwanzende in der Mitte längs einschneiden. So wird beim Kochen das ganze Schwanzstück gleichzeitig gar.

2 Schalotten fein hacken, 50 g Champignons in feine Scheibchen schneiden, beides in Butter hell andünsten und mit Weißwein ablöschen. Seeteufelmedaillons und Garnelenschwänze mit in die Pfanne geben und alles 5 - 7 Minuten gut durchkochen. Danach die Fischstücke aus dem Fond nehmen und beiseite stellen. Die Garnelenköpfe dem Fond zugeben und mit einer Gabel kräftig zerdrücken, damit das Mark in den Fond laufen kann. Das Ganze durch ein Sieb passieren. Die Fischstücke wieder in den passierten Fond geben, mit Pfeffer, Salz, fein geschnittenem Estragon und Kerbel würzen. 1/8 Liter geschlagene Sahne mit einem Eigelb vermischen und bei leichter Hitze unter das Gericht mischen. Noch einmal abschmecken, servieren. Dazu passt Reis.

7. JANUAR

Die Morgensonne wirft ein Dreieck an die fliehenden Wolken. Elf Grad. Kohlmeisen singen den Frühling.

Sichtweisen der Welt können sehr unterschiedlich sein, nicht im naturwissenschaftlichen Sinn, obwohl auch dort nicht alles eindeutig ist. Sichtweisen der Welt haben viele Wurzeln, viele Ausprägungen, viele Linien. Eine Methode, die immer komplizierter erscheinende Welt zu vereinfachen, ist das Eine und das Andere, zwei Seiten einer Medaille, obschon sie gleich sein können. Das Eine und das Andere sieht im Guten auch das Böse, in der Wahrheit die Lüge, in Schwarz auch Weiß, in der Bewegung den Stillstand, in der Ruhe den Lärm, in Trauer auch Freude, in der Lust die Unlust, im Drama die Komödie. Das Eine und das Andere kann erst einmal nicht berücksichtigen, dass ein entwickeltes Gefühl viele Grade kennt, die ineinander übergehen, sich nicht abgrenzen lassen, fließen, ineinander fließen. Das aber ist nicht das Lernziel. Die Methode ist, im Extrem zu denken, um in der Folge einen Ausgleich erreichen zu können. Womit nicht einem zwanghaften Kompromisslertum das Wort geredet sein soll. Es ist nur so, dass schon der Versuch, eine gegensätzliche Position einzunehmen, eine Wandlung der ursprünglichen, eigenen Haltung bedeutet. Manche Menschen gehen soweit zu behaupten, alles Leben sei Ausgleich, finde sich in der Mitte. Vielleicht in mittleren Bereichen, wenn ich das mittlere Spektrum weit auslege. Ein Ausgleich in der korrekten Mitte zwischen zwei Extremen ist im geistigen Feld ebenso unmöglich wie die Vorstellung von einer im Extrem dahinfließenden Welt. Gefühle sind nicht dazu bestimmt, sich gleichmäßig auszubreiten. Das gilt ja nicht einmal für die Zeit. Vielleicht rücken die Sichtweisen von dieser Welt enger zusammen, weil unsere Welt, die Erde, für uns kleiner geworden ist. Sagt man. Einer schnelleren Datenübermittlung steht gegenüber eine größere Anzahl von Menschen und damit eine größere Zahl individueller Möglichkeiten und Entwicklungspotentiale. Auch hier ist beides richtig und falsch. Und immer ist irgendetwas möglich, was vorher nicht gedacht worden ist. Wobei manchmal etwas abgeschlossen werden muss, damit man im Weitergehen über die Schulter zurückblicken kann.

8. JANUAR

Orkanböen. Wolkenfelder hetzen in Zeitraffer. Vollbremsung. Vermied knapp eine Kollision mit einer Schar Rebhühner. Sah sie vor mir im Wintergras zwischen Ramlingen und Engensen. Instinkt, ich wusste, dass etwas passieren würde. Ein Huhn flog auf, strich tief über der

Straße ab. Mit guter Verzögerung folgten die anderen vier, dicht vor meiner Frontscheibe, mit schnellem Flügelschlag, hintereinander, wie eine Kette. Sie leben.

Noch was Leichtes...

1 große Karotte, 1 große Kartoffel, 1 Zwiebel und 4 dunkle Champignons klein oder in Würfel schneiden, weichkochen, in der Küchenmaschine zusammen mit einem hart gekochten Ei und einer halben Tasse extrazarter Haferflocken zu einer weichen Paste verrühren. Diese Paste mit 2 gepressten Knoblauchzehen, Salz und Pfeffer abschmecken. Schmeckt besonders auf kräftigem Bauernbrot, hält sich im Kühlschrank 3 bis 4 Tage.

9. JANUAR

Es ist die Freiheit und die Pflicht des Menschen, anders und Anderes zu denken. Es ist seine Eigenart und sein Wesen. Ohne Andersdenkende gäbe es keine Entwicklung. Ohne Entwicklung keine Sinnsuche. Anders denken mildert die Zerreißproben unvorhergesehener Situationen, die das Leben für den Einzelnen bereithalten kann. In der Not hilft beten -

das ginge auch. Soll heißen, es gibt auch den anderen Weg, auf Unvorhergesehenes zu reagieren. Gar nicht zu denken, sich in gewohnten Bahnen zu bewegen, in stiller Konformität mit dem Gemeinwesen. Ist das Unvorhergesehene die Konfrontation mit der Vergänglichkeit, hat Denken an anderes die Chance, Bescheidenheit zu ergründen. Nicht fatalistische Ergebenheit, nur die selbstverständliche Anerkennung eines größeren und unbekannten Plans. Oder einer höheren Unordnung.

10. JANUAR

Frühlingsgefühl, 15 Grad, blauer Himmel, der Mantel am Morgen war übertrieben. Das Vogelgezwitscher aus den Büschen scheint noch lauter, fordernder, der Sonne entgegen. An dieser Stelle ein Lobgesang auf eine Vogelart, die die Menschen in diesen Breiten in nächster Nähe begleitet, obwohl sie in früheren Zeiten mit Leimruten und Kloben in Massen gefangen und verspeist wurde, ein geschichtliches und genetisches Recht auf Abstand hätte, die Meise. Kohl- und Blaumeise vor allem, die olivgrüne Kohlmeise mit ihren weißen Wangen und der weißen Flügelbinde wenig scheu. Wie auch die pastellblaue und pastellgelbe kleinere Blaumeise scheint sie die Nähe zum Menschen zu suchen. Beide sind hurtig, schnell, freundlich anzusehen, turnen durch Büsche und Bäume, schwatzhaft, sehr abwechslungsreich in ihrem Gesang, kurzum, eine Freude. Es gibt Meisenmenschen. Mein Vater war so einer. Manchmal nahm er mich mit in einen Friedhofspark, an einen See, öffnete eine Hand, auf der kleine Nüsse lagen. Nicht lange, und es flatterte heran aus allen Sträuchern, eine Meise auf der Hand, eine auf dem Kopf, in stetem Wechsel, ohne Furcht, wissend. Sie kannten den Mann, haben wohl in sein Innerstes geschaut. Wie ich das nie gekonnt habe.

11. JANUAR

Jede Morgenröte ist die erste. Manchmal denke ich, ich bin verloren in der Zeit. Die Welt, in der wir leben, ist viel zu groß.

ICE Hamburg - Hannover.

Braunes Klotzgebäude. Graffiti-Nonsens. Elbarme. Ausrangierte Hallen. Harburger Halt. Restmüll-Krätze. Schmale Birken. Spiegelbilder. Lustlose Häuser. Ackerfarben. Brückenstelzen. „Orale Puderquaste". Bussard auf Feldsitz. Mobiler Jagdsitz. Kiefernwäldchen. „Forza Totti". Lüneburger Motorradladen, verwaist. Krähennester, verwaist. Streckenhalt am Klosterkrug. Fachgespräche: „Künstlichen Dünndarm verträgt nicht jeder..." „Frau Holz hieß früher Distel..." Sumpfige Waldwasserlachen. Bahndamm-Welten. Bienenbütteler Forellenteiche. Steincollagen mit Mauerpfeffer. Eiszeit-Hügel. Keine A 39! Uelzener Blaubeerzucker. Bleiche Regensonne auf Stoppelfeldern neben grünem Endlos. Verblasstes Suderburg mit Feldzäunen. Das letzte Sonnenlicht. Augenbrand auf Kiefernwipfeln. Zaghafte Tannen. Pilzgebüsch. Brückentod bei Eschede. Eichenwirrwarr. Teich an Teich. Altapfeltorso. „Ahorn trifft Superschnitte". „Jerusalem". Güterzugrauschen am Wohnwagen-Paradies. Osthannoversche Eisenbahn. Celler Loch. Bahnhofsbruchstücke. Schlanke Gräben. Schwarzer Waldhorizont. Leben und Aufleben. Langsame Fahrt. Siedlungsmorast. „Vor 30 Jahren hab ich einen Norweger-Pulli gestrickt. Den zieht mein Mann jetzt im Garten an..." Kiesteich-Hühner. Häuserflotten. Vielgleisige Signale. Haltepunkt. „Mannheim??"

Schon gehört von Melusine? Sie lehnte, tiefschwarzes Bohemehaar, bleiches Gesicht, orangerote Lippen, an einem Stehtisch in einem Café und starrte hinaus auf einen fernen, ungewissen Punkt. Ich fragte mich,

wen es wohl diesmal träfe und verließ das Café, tief in Gedanken. Da kehrte sie nun wieder, die Gattin von Raimondin, die dieser in Fischgestalt überraschte. Sie, die mit lautem Wehklagen verschwand, nur auftauchte, wenn den Nachkommen Raimondins, den Grafen von Lusignan, Unglück bevorstand, ein Fischweibchen, eine schöne Meeresfee auf einem Turm in Poitou.

Klarer Sellerie
6 Staudensellerie, 4 mittelgroße Kartoffeln und etwas vom Selleriegrün klein schneiden und in einer Gemüsebrühe aus 1 Gemüsebrühwürfel und 3/4 Liter Wasser garen. Mit frisch gemahlenem Koriander, 1 Prise Muskat und Meersalz abschmecken. Die glatte Petersilie waschen, mundgerecht zupfen und gegen Ende der Garzeit dazugeben.

14. JANUAR

Winter ist, wenn der Hund zusammengerollt auf dem Sofa liegt. Es wird kälter, nachts knapp unter Null. Es soll Menschen geben, die gehen über eine Wiese und finden vierblättrige Kleeblätter. Ich habe noch nie eins gesucht. Habe auch nie darüber nachgedacht, ob es mir Glück bringen würde. Winter ist, wenn sich an der Nachttischlampe eine Spinne einrichtet - und ich mich nicht aufraffe, ihr Netz zu entfernen.

15. JANUAR

Dunstnebel, Felder atmen, später kämpft sich die Sonne durch. Hasen-silvester, es wird geschossen. Man sagt, der Hase an sich sei furchtsam, immer auf der Hut, schlafe mit offenen Augen. Mag es ihm helfen. Ein Hasenauge ist im Übrigen eine Pflanze oder ein Auge, dessen Lid nicht geschlossen werden kann; eine Hasenhacke eine Geschwulst am Sprunggelenk des Pferdes, die Hasenklapper ein kleines lärmendes Holzinstrument für die Treiber, Hasenpfötchen der Ackerklee, die Hasenquäke ein Instrument zum Nachahmen des Hasenklagens, was Rammler oder Fuchs anlocken soll, hasenrein ist der Hühnerhund, der Hasen stellt, ihnen aber bei ihrer Flucht nicht nachläuft, und schließlich ist der Hasensprung ein krummes Knöchelchen im Hinterlauf des Hasen. Heute gilt Hase als Kosename, in früheren Jahrhunderten war Hase ein eher wunderlicher Mensch, ein alberner Geck, ein Prahlhans. Studenten machten daraus das Haselieren, ein umfassender Begriff für dummes Zeug.

16. JANUAR

Ich suchte eine Antwort, fand sie nicht. Jedenfalls nicht die, die ich dringend benötigt hätte. Die Antworten, die ich fand, kannte ich bereits. Ich suchte weiter, denn ich wusste, sie ist da. Ich weiß nur noch nicht, wo sie sich versteckt. Vielleicht sollte ich die richtige Frage suchen...

Christian Huygens war ein weitgeistiger holländischer Mathematiker, der 1655 den größten Saturnmond Titan entdeckte. 350 Jahre später landete eine europäische Sonde namens Huygens auf dem 180 Grad kalten Titan, die eine Flut von Messdaten sendete und uns sagen wird, auf welcher Art von Eis sie gelandet ist. Wasser ist es wohl nicht. Aber spannend ist es im Zusammenhang mit der Frage, wann wir anderes Leben entdecken. Und spannend wäre es, das Rätsel des Ozeans unter dem Eispanzer des Jupitermondes Europa zu lüften. Scheitert bisher am nötigen Geld.

Der Zürgelbaum, eine Ulme, ist ein hochgewachsener Baum von seltener Schönheit, Teil des keltischen Baumhoroskops. Ein Horoskop, das den Eindruck erweckt, als atme es die mystische Kompetenz grauer Vorzeit. Tatsächlich ist es eine Erfindung des späten 20. Jahrhunderts, Firlefanz. „Der Zürgelbaum versteht es, sich allen Lebenslagen anzupassen. Er erfreut sich einer ausgesprochen guten Gesundheit." Das muss vor dem großen Ulmensterben in Europa gedacht worden sein. Der Ulmensplintkäfer hat ganze Alleen umgelegt, trotz massiver Gegenwehr. Einen Tag nach dem Befall senden Ulmen chemische Signale aus, die Erzwespen anlocken, die wiederum die Eier der Käfer mit ihren eigenen auswechseln. Schlau. Oder Raubwanzen, die die Käferbrut angreifen. Auch schlau, aber offensichtlich nicht ausreichend.

A erzählt mir beiläufig, er habe sich nach 16 Jahren von seiner Frau getrennt. Er sieht gefasst aus, nicht überrascht. Trennung scheint heute das Normale. Woran das liegt... Kein Mensch geht eine Beziehung mit dem Vorsatz ein, sie sehr bald wieder zu lösen, zumindest, wenn sie mit Heirat endet. Irgendwie funktioniert es nicht, nicht mehr. Vielleicht hat es noch nie funktioniert, und die Vorstellung einer funktionierenden Beziehung ist romantisch überhöht, ideal. Von einer patriarchalischen Gesellschaft gewollt, die Ehe als Ordnungsfaktor begriff. Das ist vorbei. Menschen kommen und gehen. Sie sind mobil in jeder Hinsicht. Ortswechsel sind auch geistige Ortswechsel. Und Geister entwickeln sich unterschiedlich, in der Geschwindigkeit, im Umfang. Ziele, Lebensziele, werden neu definiert, erst ein wenig, langsam, widerstrebend, dann unaufhaltsam. Kann der andere diesen Zielen nicht mehr folgen, erfolgt die Trennung. Es gibt sicher noch weitere Erklärungen. Die Folgen der steigenden Trennungen sind deutlich. Anstelle der klaren Grundordnung langwährender Zweierbeziehungen gibt es ein Gewusel sich ständig neu formierender Gespinste, eine Art Chaos, das immer neue Anstöße erhält, immer in Bewegung ist. Die Rechtfertigung für den Normbruch Trennung liegt im System, in der hohen Zahl des Normbruchs, der deshalb auch nicht mehr empfunden und gefühlt wird. Glück hat damit nichts zu tun.

Champignon-Auflauf

500 g Champignons putzen und in 1 EL Olivenöl scharf anbraten, in eine Auflaufform geben. 2 Bund klein geschnittene Frühlingszwiebeln darüber streuen. 1 Ei und geriebenen Parmesan verquirlen, 2 Putenschnitzel mit Curry, Salz und Pfeffer würzen, durch die Eimasse ziehen. Kurz von beiden Seiten anbraten, auf das Gemüse legen und mit 1 Becher Sahne übergießen. Bei 150 Grad 40 Minuten in den Ofen. Dazu Baguette und Salat.

Kartoffel-Pfannkuchen (jetzt erst recht!)

6 große Kartoffeln schälen und grob raspeln, dazu Meersalz und 3 EL Olivenöl, auf ein Tuch geben und die Flüssigkeit kräftig ausdrücken. 2 EL Olivenöl in einer Teflon-Bratpfanne erhitzen, die Kartoffeln hineingeben und fest andrücken, 20 Minuten backen. Anschließend mit einem großen Teller oder dem Pfannendeckel wenden und auf der zweiten Seite ebenfalls 20 Minuten backen. Dazu passt ein grüner Salat mit viel Schnittlauch.

Johanna hat Geburtstag. Sie wird 11, freut sich seit Wochen auf diesen Tag. Sie freut sich über Geschenke, über einen Tag, an dem sie im Mittelpunkt steht, über die Gelegenheit, mit anderen Mädchen eine Nachtparty zu feiern. Geburtstage im Winter sind anders, zwingen im Normalfall zu geschlossenen Räumlichkeiten. Vielleicht habe ich deshalb den eigenen Geburtstag nie gemocht. Im Mittelpunkt stehen, dabei ist man nur mit vielen anderen an einem bestimmten Tag geboren. Ich will nicht etwas feiern, wofür ich nichts kann. Manche Menschen vergessen einfach ihren Geburtstag. Sie können sich nicht erinnern.

19. JANUAR

Kalter Regen, Eiswind, stürmisch. Winterstürme gibt es besonders häufig in milden Wintern, wenn polare Luft (minus 40 Grad) auf wärmere Luftmassen (plus 20 Grad) trifft. Der Westwind treibt die entstandenen Wirbel mit 200 km/h über Europa. Die Wucht ist enorm, fühlbar. Im Januar 1362 wurde bei einem derartigen Sturm die Halbinsel Strand vom Festland getrennt, es blieben die Inseln Pellworm und Nordstrand, die Hafenstadt Rungholt verschwand, eine Katastrophe, ein friesisches Atlantis. Fakten, aber kein Gefühl. Wie war das... Brach der Sturm über Mensch und Tier herein, ohne Vorwarnung? Ahnten die Betroffenen, dass dieser Sturm vehementer und folgenreicher würde? Verstanden sie die Vorzeichen, oder waren sie blind... Wie war das, als Land und Ort verschwunden waren? Die Geschichte ist geschrieben. Sie sagt nichts über morgen.

20. JANUAR

Ich erinnere mich. In kalten Januarnächten lag ich in einem schmalen Bett und starrte im Halbschlaf auf tanzende Schattenäste an heller Wand. Mein Magen knurrte, mein Gedärm machte Geräusche der Leere. Ich hatte Hunger. Seit Monaten. Ich fror trotz dicker Decke. Knochige Hüften, zählbare Rippen. Das Gesicht schmal, hager, die Augen hell und wach. Ich war nicht arm, aber ich hatte wenig Geld und hungerte für eine Zukunft. Blieb morgens lange im Bett, damit der Tag kürzer würde. Nachts beschränkt sich ein Körper auf Warten. Auf den nächsten Tag. Eine Scheibe Brot mit Käse, zum Frühstück. Am Monatsanfang, einmal im Monat, zerschlug ich das enge Budget, kaufte im teuersten Feinkostgeschäft der Stadt zarte, butterweiche Heringsfilets in köstlicher Sahnesoße. Zwei Filets. Ein Fest, ein Tag, den ich nur für mich zelebrierte. Er war Zukunft. Ich war nicht verzweifelt, ich war Hunger gewohnt. Man bemerkt ihn nicht mehr. Mir schien, ich sähe die Welt aufmerksamer, klarer, grundlegender. Ich lebte körperlich reduziert, reduziert auf das Gerade-Noch-So. Später dachte ich, ich sei aus dem Jahr des Hungers stärker herausgekommen. Mein Körper erinnert sich daran. Er stellt sich um und hungert.

Einfach nur Bratkartoffeln vom Blech

6 große Kartoffeln dämpfen, pellen und in dünne Scheiben schneiden, auf ein leicht gefettetes Blech damit. Darauf verteilen 1 kleine Zwiebel in feinen Scheiben, 2 fein gehackte Knoblauchzehen, Pfeffer, Kräutersalz, 2-3 EL Olivenöl, fein gehackte Petersilie und kleine Margarineflöckchen. 15 Minuten bei 230 Grad backen, dann auf 175 Grad reduzieren und noch einmal 30 Minuten im Ofen lassen.

21. JANUAR

Träume, die vergehen... Ein heulender Zwergenderwisch auf einem Schwertfisch, dessen leuchtende Haut von blau auf grün, von gelb auf rot wechselt. Der verhüllte Zwerg wirft einen Arm in den Horizont, ruft: „Die Zeit wird knapp. Sie rinnt davon!" Am nahen Ufer, in einem Mangrovenwäldchen, steht ein Haus auf Pfählen, davor ein alter Mann, der auf das Meer schaut. Er hebt die Hand zum Gruß, doch niemand sieht ihn.

In der Nähe der ostfriesischen Ortschaft Veenhusen sind 68 Nonnengänse im Flug vom Blitz erschlagen worden. Direkt hineingeflogen, in gänseüblicher V-Formation, eng beieinander. Der Blitz sprang von Tier zu Tier, Ende.

22. JANUAR

Technisch gesehen ist es mit dem Wind einfach, er ist die horizontale Bewegung der Luft, entsteht durch die unterschiedliche Wärmeverteilung auf der Erdoberfläche und die dadurch bedingte Verschiedenheit des Luftdrucks. Persönlich gesehen ist es mit dem Wind ein anderes. Er begleitet uns ein ganzes Leben, als Naturgewalt oder als laues Lüftchen, das uns sinnend träumen lässt. Wind ist Gefühl, Wind ist Geheimnis. Er trägt Wissen um das, was geschieht, geschehen ist und noch geschehen wird. Wind trägt Düfte, Geräusche. Der Winterwind ist klar, manchmal stark, zerrt an Kräften, bis sie nicht mehr standhalten. Winterwind spielt in Bäumen, macht sie bizarr gegen dunkle Wolkenwände, säuselt im Gebüsch, knistert in vertrockneten Blättern. Der Wind riecht nach Jahreszeiten, nach Wetter, er geht zur Ruhe, schläft, frischt und brist auf, rüttelt an geschlossenen Läden, nervt, saust und braust, rast und wütet. Der fröhlichste Wind ist der Frühlingswind, der nach einem langen Winter als warmer Hauch ein Gesicht umspielt. Wind ist mächtig, gibt sich zuweilen den Anschein schwacher Gestalt, ein unbedeutender Wirbel auf einer staubigen Straße, dann wieder türmt er sich auf als Taifun oder Tornado, ist unerträglich als heißer Samum, Scirocco oder Leveche aus den Tiefen der Sahara, oder kalt und bitter wie der Northers über Nordamerika. Der Wind hat viele Namen, und viele haben sich an ihn gebunden, wie das Windröschen, das sich als eine der ersten Blumen des Frühlings im Wind wiegt.

23. JANUAR

Es hat geschneit und es ist kalt. Ein Wintermorgen wie aus dem Märchenbuch. Angefrosteter Schnee, der unter den Füßen weich zerstäubt. Die Felder liegen still, aus der Ferne klingt eine Kirchenglocke. Das Weiß wirkt friedvoll, so, als hätte jemand die Zeitmaschine ausgeknipst, das Räderwerk der Großen Uhr angehalten.

Einlassung auf Gesagtes: Ich weiß nicht, manchmal denke ich, es könnte so sein. Ich habe aber kein Interesse an Wahrheiten, eher an Beiläufigem und Untergründigem.

24. JANUAR

Schneegestöber, Zuckergussdächer. Asche zu Asche ist keine Weisheit. Unser Leben hat seinen Ursprung in Energie. Was vor der Energie war, wissen wir nicht. Sicher keine Asche. Als es Leben gab, hat es sich festgesetzt, ist von einer Generation zur nächsten weitergereicht worden. Wir kommen nicht aus dem Nichts. Ein Mensch wird gezeugt von einem lebenden Wesen, das das Neue von Beginn seines Hierseins in sich trug. Ein Mensch wird aus einem anderen Menschen. Zwei anderen Menschen. Der Tod ist das Ende eines Daseins, aber nicht das Ende der Kette. Die Kette ist vielgliedrig und besteht weiter, auch wenn sich einige Kettenglieder nicht fortpflanzen. Unser Dasein ist die Kette, das einzelne Dasein ein Kettenglied. Wie schön, dass wir denken. Wie schön, dass wir darum wissen, dass wir denken. Wie schön, dass wir uns freuen, dass wir lieben. Und wie bitter, dass wir wissen, dass wir eines Tages nicht mehr denken werden. Warum sollten wir einsehen, dass Tod unausweichlich ist... Weil die Natur es gesetzmäßig vorsieht... Wir stellen uns dennoch insgeheim die Frage, warum es nicht anders sein kann. Noch ein wenig mehr Zeit...

Unter der Oberfläche steckt das Tier Mensch. Roh, Instinkte ohne Moral. Der Satz „Ich denke, also bin Ich" behauptet die Erhöhung des Geistes über das Sein. Dies widerspricht der tatsächlichen menschlichen Entwicklung und hieße, das Buch von hinten zu lesen. Der Satz müsste lauten: Ich bin und ich denke.

Vollmond. Frostnacht. Zugefrorene Gräben.

Bei Brücken kommt es darauf an, wie man sie erlebt hat. Meine erste Brücke war schwarzes, angerostetes Eisen über die Leine, dampfende, massige Lokomotiven, der Fußgängerstreifen angegammelte Eichenbretter mit breiten Löchern, durch die man den tief darunter liegenden Fluss sehen, fühlen konnte. Unheilvoll, bedrohlich. Die Brücke führte in die Fremde, fort von zu Hause. Und so geht es mir noch heute mit Brücken. Sie führen nie in die Heimat, immer fort, trennend. Den matschigen Weg zur Brücke gibt es noch, den Fluss auch. Die Brücke selbst ist jetzt modern, Betonpfeiler, zweckbestimmt. Kein Stampfen, Rattern, Beben. Nur die Abendsonne ist gleich, schwebt rot über kalten Auen.

Gemüseplatte mit Auberginen-Dip

Gemüse nach Wahl in mundgerechte Stücke schneiden. Gut eignen sich Gurke, Staudensellerie, Sellerie, Möhren, Paprika. Für den Dip 1 Aubergine und 1 grüne Paprika bei 190 Grad im Ofen zusammen mit 1 klein geschnittenen Knoblauchzehe und 1 Tasse Wasser circa 1 Stunde weich dünsten. Die Aubergine schälen, die Paprika entkernen und mit 1 großen, in Würfel geschnittenen Tomate, 1 EL Olivenöl, 1 TL Zitronensaft, Meersalz, Kräutersalz und frisch gemahlenem Pfeffer pürieren, mit dem Mixer auf höchster Stufe aufschlagen. Im Kühlschrank einige Stunden ziehen lassen und kalt servieren.

27. JANUAR

Vor 60 Jahren erreichte die Rote Armee auf ihrem Vormarsch das KZ Auschwitz. Das Grauen hat viele Namen, Auschwitz ist einer davon. Die Soldaten waren auf das, was sie erwartete, nicht vorbereitet. Jakow Wintschenko: „Als wir das Lager betraten, gab es nur noch 17.000 Häftlinge. Frauen, Kinder, Kranke: Sie waren unfähig, sich fortzubewegen, deshalb waren sie in den Baracken zurückgelassen worden. Die Deutschen hatten einfach keine Zeit mehr, alle umzubringen. Über dem Ort lag entsetzlicher Todesgeruch, süßlich und beißend, noch immer meine ich, ihn zu riechen. Vor mir zusammengekauerte, aufs Skelett abgemagerte Gestalten im eisigen Schlamm. Keiner redete, mit schreckgeweiteten Augen beobachteten sie mich." Irgendwer hatte Schuld, irgendwer musste Schuld haben.

28. JANUAR

Der menschliche Geschmack treibt seltsame Blüten, ist auf jeden Fall sehr persönlich. Was dem einen seine Eule, ist dem anderen seine Nachtigall. Der Volksweisheiten gibt es viele. Jeder nach seiner Fasson, oder, über Geschmack lässt sich nicht oder doch streiten. Ich für mein Teil trinke nach dem Aufstehen gerne Morgentau-Tee, 4 bis 6 Tassen. Morgentau ist ein grüner Tee, aromatisiert, mit bunten Blütenblättern gemischt, manchmal finden sich sogar blaue, erfrischend schon vom Anblick. Richtig zubereitet, also den Tee im ruhenden Wasser 45 bis 75 Sekunden ziehen lassen, hat Morgentau den Geschmack einer Blumenwiese, hellgelb. Zieht er zu lang, wird er bitter, weggießen, vergessen...

Die erste Frostperiode in diesem Winter. Seit einigen Tagen liegen die Temperaturen um Null oder knapp darunter.

Das erste Wetterbuch wurde 1505 gedruckt und war eine Auflistung bestehender Bauernregeln. Bauernregeln sind akribische Wetterbeobachtungen, die regional durchaus von Bedeutung sein können. Die aber auch nicht fehlerfrei sind. Manche Regel befördert Wünsche. Etwa: Wenn der Jänner ist sehr milde, führt er gutes Wetter und heißen Sommer im Schilde. Woran sich dann im Sommer keiner mehr erinnert. Eine Bauernregel für jede Gelegenheit: Wenn es am Morgen ein Wetter hat, so hat es am Abend wieder eins. Für heute gilt Frost.

Frühlingsspaghetti
3 EL Olivenöl in einen großen Topf geben, 1 TL Curry und ¼ TL gemahlenen Koriander kurz anbraten, nicht anbrennen lassen. Dazu 1 Tasse gehackte Frühlingszwiebeln und 4 Tassen gehackte Zucchini, anbraten, am Ende 2 EL gehackte Petersilie und 1 TL Zitronensaft sowie Meersalz einrühren. Mit der Pasta mischen und gleich servieren.

Der Frost hat ein Ende. Leichter Regen, glatte Straßen.

Der Tag ist Verweigerung. Es gibt Tage, da will man nicht. Auch die Tage wollen nicht. Es sind einzelne Tage, unverhofft, unvermittelt, sie entziehen sich der Betrachtung. Sie schleichen und murren, düster und eckig. Der Tag verweigert sich. Er ist weder Zustand noch Prophezeiung. Er ist wenig, nebelt und krümelt. Da hinein schlägt die Erkenntnis, dass die Teflonpfanne kein Abfallprodukt der bemannten Raumfahrt ist. Seit 40

Jahren geglaubt und als sicher abgespeichert. Dafür ist eine Punze das, was man glaubt, der vollständig umschlossene Innenraum eines Buchstabens.

31. JANUAR

Manchmal, wenn ich daran denke, wie viel Zeit ich verbracht habe, ohne etwas zu begreifen und zu lernen... (William Faulkner, Die Freistatt)

... es passiert denn so, egal ob ...

O. Welt
2005

Februar-Prolog

Am Weltenrand, dort, wo Schnee und Eis herrschen, steht eine erzene Kugel. Einst kam ein Wanderer schnellen Schrittes und schaute hinein. „Was siehst du?", klang es aus der Kugel. Der Wanderer antwortete: „Ich sehe ein dünnes Licht, schwarze, nackte Figuren im Tanz um einen brennenden Stern..." „Er hat es gesehen...", wisperte es aus der Kugel, die fortan verstummte. Der Wanderer folgte weiter seinem Weg, durch Schnee und Eis, ohne Ziel, ohne Wiederkehr.

1. FEBRUAR

Die Tage werden länger, um 7 wird es hell.

Eine Ahnung sagte „Ich habe das zweite Gesicht". Das zweite Gesicht ist ein anderes als das, das täglich getragen wird. Es ist das Gesicht hinter dem Gesicht, das Gesicht einer anderen Phase, das wissende, das zukünftige, das Gesicht, das aus allen Erfahrungen die wahrscheinlichste Erkenntnis zieht. Das zweite Gesicht kennt keine Fehlschläge, keine Irrungen. Es trifft den Kern, es ist das Über-Ich, das kollektive Ich, das nicht fehlgehen kann. Es ist das Substrat der Wahrheit und liegt damit völlig daneben, weil es keine endgültige Wahrheit geben kann, einzig zeitlich begrenzte Wahrheiten. Das zweite Gesicht ist die Konstruktion einer Hoffnung, die in uns lebt. Diese Hoffnung ist menschengedacht und nicht wirklich. Wohl am ehesten ist das zweite Gesicht Intuition, Eingebung, die auf Vergangenem basiert, helles, klares Sehen. Dies spricht man Max Moecke zu, der in den 20er Jahren in den Spielsälen von Monte Carlo uferlose Gewinne beim Roulette gemacht haben soll. Setzte und traf. Bis er nicht mehr traf, seine Spielmarken zusammen-

packte und Monte Carlo verließ. Max Moecke wurde 1941 als „Dunkelkünstler" verhaftet, im KZ Buchenwald umgebracht. Filmreifer Stoff. Ein Buch von Moecke trägt den Titel: Wie ich Hellseher wurde. Eine Fragenbeantwortung an die zahlreichen Verehrer.

2. FEBRUAR

Trübes Wetter. Manchmal regnet es. Was der Hundertjährige Kalender vorhergesagt hat. 2. Februar ist Lichtmess, im früheren bäuerlichen Leben der Beginn des Arbeitsjahres, das Wiedererwachen des Lichts, gefeiert mit der Lichtmess-Birke. Bei Nord- und Osteuropäern ist die Birke der Baum der Liebe, des Lebens und des Glücks, Symbol für Licht, für Neubeginn. Die Birke ist noch mehr. Sie ist der einzige Baum, der im Winter mit seiner strahlend weißen Rinde einen trüben Tag durchbricht. Ein Hoffnungsträger, ein Zeichen, dass alles anders sein kann. In Sibirien ist die Birke der Weltenbaum. Vielleicht, weil sie in Symbiose mit dem Fliegenpilz lebt,

Am Abend...

der wichtigsten Droge der Schamanen, mit deren Hilfe sie höhere Welten erschauen.

„Über 12 der Himmelsgeländer wächst auf eines Berges Höhe eine Birke in die Lüfte. Golden sind der Birken Blätter, golden ist der Birke Rinde." (mongolisches Gedicht)

Falsche Leberknödel
400 g fein gemahlenes Dinkelmehl möglichst frisch gemahlen in eine Schüssel geben, dazu 2 Eier, 1 TL Paprika, 1 TL getrocknete Kräuter, 1/2 TL Cayenne, etwas Muskat, 250 g geriebenen Emmentaler und etwas Salz. Alles zu einem Teig vermengen, daraus Knödel formen und in einer Gemüsebrühe gar ziehen lassen. Die Gemüsebrühe mit klein geschnittenen Möhren und Sellerie anreichern.

3. FEBRUAR

Seltsame Zeichen, verschlüsselte Botschaften - auf der Suche nach einer Geschichte, einer Bedeutung hinter Andeutungen...

Um 11.11 Uhr haben die sechs tollen Tage begonnen. Die sechs tollen Tage sind eine Erfindung der Neuzeit, ein mediales Ereignis, das mit zunehmendem Publikumserfolg die Zentren des Karnevals national erhöhte. Kölsch ist nicht mehr nur ein Bier. Oder Bläck Fööss. Carnevale ist ursprünglich die in Italien mit Lustbarkeiten ausgefüllte Zeit von den Heiligen Drei Königen bis Aschermittwoch, Beginn 40-tägigen Fastens. Im Voraus schadlos halten für kommende Entbehrungen, das ist klug eingerichtet, menschlich. War aber nur für Reiche. Die Ärmeren beschränkten sich auf sechs tolle Tage. Proletarisierung von Festkultur. Deshalb auch der Rosenmontag als Fraßmontag, blauer oder geiler Montag.

Deftiger Teller
250 g weiße Bohnen über Nacht einweichen, im Einweichwasser aufkochen, 1 TL Gemüsebrühe dazugeben und gar kochen. Bohnen abgießen, mit 1/2 Becher Sahne und 2 Bund fein gehackter glatter Petersilie (vom Stängel gezupft) mischen und warm stellen. 2 Kasselerkoteletts pfeffern und mit süßem Senf einstreichen, scharf anbraten und mit einer 1/2 Tasse trockenem Sherry ablöschen. Soße einkochen lassen.

4. FEBRUAR

Neben einer Wahrheit steht immer eine andere Wahrheit. Oder noch weitere Wahrheiten. Wahr ist, dass Liebe kein Solo ist. Wahr ist aber auch, dass Liebe Einbahnstraße sein kann. Wahr ist weiterhin, dass italienische Restaurants in Deutschland häufig nach italienischen Landstrichen oder Städten benannt sind, Toskana, Roma. Selten wahr ist, dass die jeweiligen Patrones zwangsläufig aus der Toskana oder Rom stammen müssen. Das Offenkundige muss nicht wahr sein, auch nicht das Verborgene, Gesagtes oder Nicht-Gesagtes, Licht oder Schatten. Die Suche nach Wahrheit geht fehl, sie ist so wahr und so unwahr wie das Scheitern der Suche. Die Suche ist nur dann wahr, wenn sie kein Ziel kennt, wenn sie eins ist mit dem Weg, der auch zurückführen kann. Aber noch werden wir älter, nicht jünger. Das ist wahr.

5. FEBRUAR

Sonnentag. Überlege, den Frühling vorzubereiten. Plötzlich stehen dicke grüne Tuffs im Garten, Schneeglöckchen, kurz vor voller Blüte.

... wer weiß ...

2005

6. FEBRUAR

Jeder Tag beschert neue Wunder. Rosen knospen, erspüren Licht. Das Wunder des Werdens als Wunder erleben. Auch wenn es sich Jahr für Jahr wiederholt.

7. FEBRUAR

Rosenmontag. Eiskalte Lust.
Max Schmeling ist gestorben, mit 99, 100 wollte er werden. Der Mann, der mit dieser hübschen tschechischen Schauspielerin verheiratet war, Anny Ondra, dessen Name untrennbar verbunden ist mit Joe Louis, dem "braunen Bomber", den er 1936 in New York k. o. schlug. Alles nur Namen. Manche sind Erinnerung, manche gehen ein in das kollektive Gedächtnis, später verblassen auch sie. Sterne, die nicht mehr strahlen. Wenige Namen überdauern Jahrtausende, vergessen, zerstreut in alle Winde. Bedeutungslos. Die Vergangenheit Schmelings, der erste und bisher einzige deutsche Box-Weltmeister aller Klassen, ist umstritten, zumindest nicht eindeutig. Man sagt, die Nationalsozialisten hätten Schmeling aufgefordert, sich von seiner Frau und seinem jüdischen Manager Joe Jacobs zu trennen. Weil er sich weigerte, sei er 1940, dem Jahr, in dem Jacobs starb, in die Wehrmacht einberufen worden. Fallschirmjäger. Schwer verletzt beim Absprung auf Kreta. Anny Ondra soll gesagt haben, Max sei reingelegt worden. Andere sagen, vielleicht doch nicht. Was ist wahr... Wahrheit gilt wohl doch nur für einen Augenblick...

Man kommt einfach nicht hinterher, will man alle klugen Sätze auf-
schreiben. Etwa: Man kann nicht immer nur tot sein. Oder: Was machst
du so? Ich mache nichts.

Klarer, sonniger Frosttag. In nordischen Ländern sagen sie, das Licht
kehrt zurück. Die Erinnerung macht vieles kleiner, oder größer. Sie heilt
Wunden, tilgt sie aber nicht. Das Licht kann nicht zurückkehren. Es ist
immer da.

Kichererbsen

*300 g Kichererbsen über Nacht einweichen, im Einweichwasser aufsetzen
und 1 Stunde weich kochen. Abgießen, Kochwasser auffangen. Kichererbsen
mit 2 Lorbeerblättern, 1/2 Tasse Zitronensaft, 1 TL Meersalz, 2 EL Sesammus
und 3 Koblauchzehen im Mixer pürieren. Sollte der Brei zu dick werden,
Kochwasser angießen. Den fertigen Brei 3 Stunden im Kühlschrank ziehen lassen, evtl. nachsalzen. Verzehren als Brotaufstrich oder Dip zu Gemüse.*

Noch ein frostiger Morgen über weißen Feldern. Irgendwann schieben
sich Wolken vor die glühende Sonne.

Aschermittwoch. Die Masken fallen. In der Psychologie ist Maske der
bewusst angenommene neutrale Gesichtsausdruck, der die tatsächliche
Einstellung verbergen soll. Im Karneval ist der Gesichtsausdruck bewusst losgelassen, hysterisch fröhlich, was die tatsächliche Einstellung
auch verbirgt. Mit Aschermittwoch wird der Rheinländer allerdings nicht
„normal". Wir arbeiten alle jederzeit mit Masken. Ungeschminktes ist
selten, wir täuschen, fintieren, suchen uns vorteilhaft darzustellen,

glauben an die Wichtigkeit unserer Existenz. Ein Glaube, ohne den wir schlecht leben könnten. Insofern ist unser Sein auf Illusion aufgebaut. Das gilt insbesondere für Totenmasken, die der Nachwelt das Bild des Toten überliefern sollen, ihn so auch unsterblich machen. Auch das eine Illusion. Die flüchtigste Illusion ist die Maske aus Schminke, aus Farben, die zu jeder Zeit entfernbar sind. Mit dem Entfernen wird der andere wieder zum Einen, erkennbar. Das Prinzip der Maske ist Hoffnung. Die Hoffnung, ein anderer zu sein, Geister abzuschrecken, Schutz zu erhalten, ein Leben abzuwerfen. Sei es auch nur für kurze Zeit. Neben der Hoffnung die Furcht, den angestrebten Platz nicht gefunden oder erlangt zu haben.

Vitaminmöhren
600 g Möhren putzen, stückeln. 1/8 Liter frischen Orangensaft zum Kochen bringen, die Möhren und ein Lorbeerblatt dazugeben. 20 Minuten garen. Das Gemüse aus der Flüssigkeit nehmen und mit Pfeffer abschmecken. Passt zu Kalbsleber mit Salbei.

10. FEBRUAR

Das Wissen von dieser Welt, vom Zusammenhang dieser Welt (Anatomie, Individuum, Gesellschaft, Erde, Universum, Urknall... was war davor?) wächst immens, manche sagen exponential. Je mehr Wissen sich ansammelt, desto anstrengender wird es, das Wissen in die Zusammenhänge einzuordnen. Oder: Die Erkenntnis wächst nicht in gleichem Maß wie das Wissen. Uns beschleicht das Gefühl, da fehlt noch etwas. Wie bei einem Baum, bei dem die Spitze fehlt. Wir denken, wir haben es, jetzt haben wir den Gesamtzusammenhang, da entgleitet uns ein Detail oder es kommt ein neues hinzu, das irgendwie nicht passt und

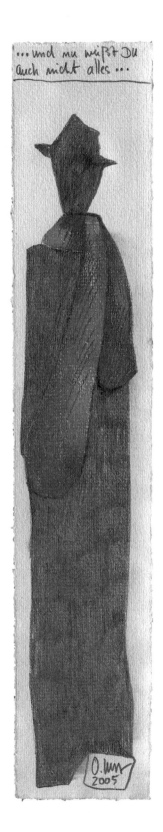

... und nu weißt Du auch nicht alles ...

O. ww 2005

alles zerschlägt. In dieser Situation sind wir dankbar für Gedankenmodelle, die uns Auswege liefern, die Welt einfacher machen. Zum Beispiel der 1973 entstandene Film „Menschen am Draht" von Rainer Werner Fassbinder, in dem ein Computer in der Lage ist, eine Gesellschaft mitsamt virtuellen Menschen so zu simulieren, dass gesellschaftliche und wirtschaftliche Entwicklungen 20 Jahre im Voraus erkennbar werden. Bis einer der Wissenschaftler bemerkt, dass auch er selbst nur simuliert ist. Eine schöne Vorstellung. Wir alle werden gelenkt, aber auch die, die uns lenken, werden gelenkt, und so weiter, bis zu der Frage, welche Ebene wirklich ist. Das videoüberwachte Bild ist es keinesfalls, es ist real nur für einen Augenblick in Gegenwart oder Vergangenheit und nur für einen Ausschnitt, real nur für die Beteiligten, nicht für den Betrachter. Das Bild ist ein winziger Ausschnitt aus der Wirklichkeit, der viele Interpretationen zulässt. Unser Dasein ist flüchtig, das ist alles. Wir sind eine kurze Weile hier - und vergehen. Manche wollen alles verstehen, und scheitern. Was bleibt, ist die Möglichkeit, Spuren zu hinterlassen. Ob sie wirklich sind, spielt keine Rolle. Menschen am Draht bietet Auswege, etwa den des Fremdbestimmtseins. Akzeptiere ich diesen Ausweg, lebe ich einfacher, weil ich gewiss bin, dass ich nichts entscheiden kann, nichts ändern, ich lebe im Fluss und fließe mit. Ich denke, dass es so und nicht anders kommen musste. Es hätte aber auch anders kommen können, und hier endet das Fremdbestimmtsein und wird durch den Zufall ersetzt. Unser Leben ist zufällig, damit aber nicht banal. Wir sind wirklich. Reicht es nicht, einfach nur zu sein?

11. FEBRUAR

Frische, kühle Morgenluft. An Wegesrändern keimen erste frischgrüne Pflänzchen. Charles, ewiger Kronprinz, wird nach heimlichen Jahrzehnten seine Dauergeliebte Camilla heiraten. Liebe kommt, Liebe geht. Liebe gehört zu den mächtigen Urtrieben, gegen die wir machtlos sind. Vernunft und Liebe schließen sich aus. Nur durch Liebe sind wir, Liebe ist die Macht des Ursprungs. Liebe ist körperlich, Liebe ist sinnlich, warm und erhebend. Liebe ist Glück. Manchmal geht das Glück und wir wissen nicht warum...

12. FEBRUAR

Sturm, Windböen, Dauerregen. Das Haus jault und pfeift. Der frostharte Boden bedeckt sich mit Wasser, das nicht abfließen kann. Matsch, graues Winterwerk.

Winterbrot
500 g Dinkelmehl, 100 g ungeschälte Sesamkörner, 1 Paket trockene Hefe, 1/8 Liter lauwarmes Wasser, 15 entsteinte schwarze Oliven und 1 gehäuften TL Kräutersalz zu einem glatten Hefeteig vermengen, 20 Minuten ruhen lassen und zu einem Brotlaib formen. Bei 200 Grad 30 Minuten backen, nach 15 Minuten im Ofen den Laib mit kaltem Wasser bepinseln. Perfekt zum Winterbrot schmeckt Tomatenbutter.

13. FEBRUAR

Ich bin Nr. 215. 2 für den Monat, 15 für den Tag der Geburt. Wäre ich in den USA. In Deutschland Nr. 152. An beiden Nummern ist nichts offenkundig magisch. Könnte hingehen und sagen: Hallo, ich bin Nr. 215. Könnte es wiederholen, bis einmal jemand sagt: Schau, da kommt 215. Und ich freundlich hinüberschaue und nicke. Wahrscheinlich war ich immer 215. Das Schicksal teile ich mit dem kaukasischen Karussellbremser, der seinen Job, seinen staatlich garantierten und subventionierten Job, in den Wirren der revolutionären Auflösung der UdSSR verlor. 215 klingt angenehm, nicht hart, eher sentimental als ruppig.

Es schneit schauerartig. Der Kommentar des Wetters zu der Erkenntnis, dass der Frühling immer früher kommt - im Schnitt 6 Tage im Vergleich mit den 50er Jahren.

Bratäpfel mit Sauerkraut
4 große rote Äpfel waschen, Deckel abschneiden und mit einem Kugelausstecher bis auf einen 1 cm dicken Rand aushöhlen, Fruchtfleisch beiseite legen. 1 Zwiebel würfeln und in 1 TL Butter glasig dünsten, dazu 400 g frisches Sauerkraut und das Fruchtfleisch. Aufkochen und mit 1/2 Tasse Apfelsaft ablöschen, mit Kräutersalz würzen und dick einkochen lassen. Die Äpfel auf eine gebutterte Auflaufform packen, Sauerkraut in die Äpfel füllen, mit einer Walnuss krönen. Bei 200 Grad 20 Minuten backen.

14. FEBRUAR

Die schmerzliche Erinnerung an alte Träume, nie verwirklichte Träume, ist wie ein innerer Feind, der sich in jedem Gedanken aufhalten kann. Zwei Fotos. Das eine eine graue Fläche, die zu den Rändern hin dunkelgrau wird. Das hellere Grau eine bleiche Sonne hinter einer düsteren Wolkenwand, winterlich, aber zu ruhig für Winter. Hoffnung oder Verderben, das Grau ist die eigene Seele, die eigene Interpretation der Welt. Das zweite Foto die Küste eines Meeres oder ein See. Im Vorder-

grund ein Steg mit Holzplanken und weißem Geländer, ein Leuchtmast ohne Licht, dunkler Tag. Im Hintergrund ein Streifen Land, der das Bild fast mittig teilt, ein gelber Punkt wie ein Leuchtfeuer. Im Zentrum, auf dem rechten Geländer, zum Greifen nah, genau von der Seite eine Möwe mit bräunlich-grauem Flügel, weißem Bauch, dunklen Schwanzspitzen, geschlossenem Schnabel, freundlich und verhalten neugierig zur Kamera schauend. Aus dem Rücken des Vogels wächst ein Mast, wie ein Dorn oder eine Lanze. Am Ende des Stegs, auf einer Art Pontonterrasse, unter dem Schwanz der Möwe, drei Menschen auf einer Bank, Rückenansicht. Verschwommen, eng beieinander, tröstlich.

Manchmal denke ich an einen plötzlichen Tod - ganz einfach, einfach nur so, ganz banal, nichts Aufregendes, nicht außergewöhnlich, nicht heldenhaft, nicht besonders.

15. FEBRUAR

Regen, Schneegestöber, die ersten Überschwemmungen. Wasserlandschaften, am Horizont Wolkenberge, Flussläufe wie asphaltierte Straßen, breit glitzernd.

Aus einem Hans Wurst wurde der Hanswurst. Mit der Aufklärung verschwand diese Theaterfigur, obszön, vulgär, zotig, gossig, fäkal, anarchistisch. Sie ist zurück, in Gestalt narreteiender Comedians. Andere Bühne, gleicher Stil, die Entdeckung der Lust durch Wörter, die Proletarisierung des Lachens, über das es keine Kulturgeschichte gibt. Im Mittelpunkt der Lust steht die an Körperteilen festgemachte Übertreibung oder die Verunglimpfung von Minderheiten. Am Ende steht der zerstörte Respekt vor Tabus, die Überwindung sittlicher, akzeptierter Umgangsformen. Bettgeflüster, zum Fenster hinausgebrüllt. Anarchismus im Wort, das Krasse als wiederholtes Beispiel, die Flucht in die Frage, was der Mensch mit „gutem" Geschmack anfangen soll, welche zivilisatorische Leistung „guter" Geschmack sein soll, wenn hierbei die Urtriebe und Bedürfnisse des Menschen vergessen oder so verkleidet werden, dass sie nicht mehr erkennbar sind. Insofern war und ist der Hanswurst eine freundliche Erinnerung.

Röschen-Wok

Schweinefilet in kleine Stücke schneiden, in heller Sojasoße und viel Knoblauch marinieren. In reichlich Olivenöl scharf anbraten, dazu Broccoli (in kleinste Röschen zerteilt), 3 bis 4 große Chilischoten (klein geschnitten) und dunkle Champignons (nach Größe, wie man es mag), scharf weiterbraten, salzen, pfeffern, fertig.

16. FEBRUAR

Ein Traum ging vorbei. Ich sah ihm nach und dachte: Wo mag er zuvor gewesen sein... Wo geht er hin... Das war es aber auch mit der Fragerei. Ich schlief weiter. Die Zeit läuft ab...

Zartes Gelb aus dem Boden, die ersten schüchternen Krokusse. Im Wendland ist der erste Storch auf einem Scheunendach gelandet.
Auf dem Süntelweg wie einst Hermann Löns hoch zum Süntelturm. Unter den Bergschuhen knirscht trockener Schnee. Buchenwald am Rande bescheidener Serpentinen. Die Buchen gerade gewachsen, manche 40, 50 Meter hoch, im letzten Viertel geteilt in den Himmel wachsend wie eine Stimmgabel. Getatzte Puderbäume. Vor der Abzweigung zur Eulenflucht ein Buchenstumpf mit Schneekappe. Lust, eine rote Nase zu malen. Leichter Schneefall. Etwas unterhalb des Ziels dichte,

hohe Tannenwälder, weiß betupfte Stämme, dunkle Ruhe. Ganz selten schlägt ein Fink, ruft eine Meise. Dann, nach vielen Stufen auf dem Turmplateau, bläst ein eisiger Wind, schlechte Sicht, nebligweiße Baumdächer. In der Gaststube im Turm ein altes Foto, Hermann Löns bei der Grundsteinlegung des Süntelturms 1899. Das Wetter soll schlecht gewesen sein, damals, im September. Kein Grund, nicht zu feiern. Hermann Löns soll einer der Ausdauerndsten gewesen sein.

Mangold-Omelett

50 g altbackenes Brot in Stücke schneiden, einweichen. 1 kg Mangold putzen, dämpfen, in lauwarmem Zustand hacken, in Butter anschwitzen. Brot auspressen, zerdrücken, 4 Eier und Mangold dazugeben, ebenso 1 EL Parmesan, 1/2 gehackte Knoblauchzehe, jeweils eine Prise Majoran und Muskat, Salz und Pfeffer. In etwas Butter und Olivenöl zum Omelett backen.

17. FEBRUAR

Sehr lebendige Gespräche ergeben sich, wenn jemand erwähnt, er möge dies oder jenes nicht, vor allem, wenn es um Essen oder Trinken geht. Zum Beispiel Marzipan. Marzipan hatte für mich immer etwas Körperliches, ein Schwein, ein Bein. Ich wollte kein Schwein essen. Oder Pizza. Trockener, karg mit Tomatensoße beschmierter Teig. Rosinenfleisch. Steckrübeneintopf mit fettem Wams. Besondere Beispiele kennt jeder Mensch. Fette warme Milch von Schafen, frisch gemolken. Gedünsteter Schellfisch. Es gibt Menschen, die hassen Butter. Oder Knoblauch. Es gibt nichts, was nicht gehasst oder geliebt wird. Die Geschmäcker sind verschieden, sagten frühere Müttergenerationen. Aber wie kann man Lebertran lieben??

18. FEBRUAR

Arroganz, Anmaßung, Dünkel, Hochmut ist ein gefährlich Ding aus vielerlei Quellen, zuallererst eine Sache der Mächtigen. Wer Macht besitzt, übt sie aus, glaubt, sie ausüben zu müssen. Wer Macht ausübt, erhebt sich. Nun könnte man sagen, Machtausübung ist unbedingte Voraussetzung für ein Gemeinwesen, für die Weiterentwicklung von Gemeinwesen in ruhiger Ordnung. Macht ist das Gegenteil von Gleichheit, bedeutet das Festzurren von Privilegien, verdient oder unverdient, wer mag das beurteilen. Hochmut ist eine höchst persönliche Sache, täglich erlebbar in scheinbar einfachen Zweierbeziehungen. Hochmut resultiert aus dem Gefühl angenommener Überlegenheit, was pure Bequemlichkeit sein kann. Überhaupt ist Bequemlichkeit eine menschliche Eigenschaft, die es verdient hätte, näher untersucht zu werden. Arroganz ist auch eine dargestellte Äußerlichkeit, eine verächtliche

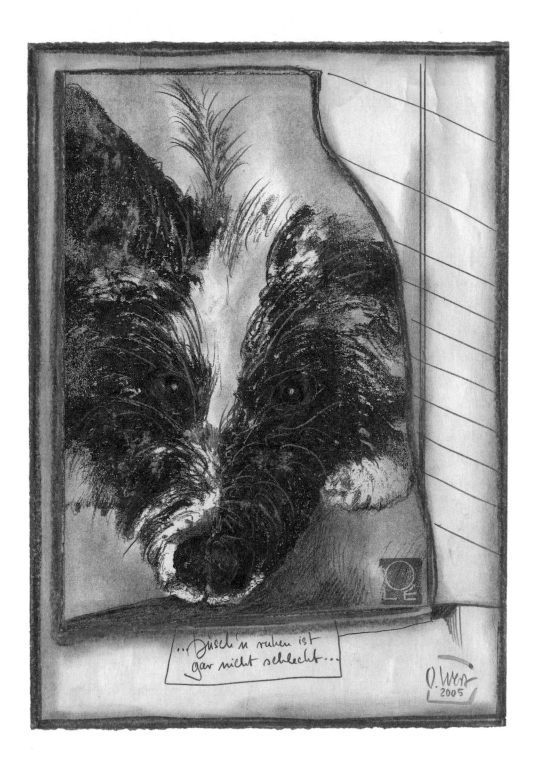

...Büsch'n ruhen ist
gar nicht schlecht...

O.Wen
2005

Geste, die vielleicht nur Selbstschutz ist. Dies ist aber kaum zu erkennen oder zu unterscheiden. Arroganz provoziert Widerspruch, der Selbstachtung wegen. Oder weil man sich nicht unterwerfen will. Ein Kampf ohne Worte, in dem der Provozierende leichte Vorteile hat. In den 60ern galt als intellektuell und überlegen, wer Schwarz trug. Überlegene Geistlichkeit im Alltag. Der Arrogante zelebriert, sich und für andere. In einer Geisteshaltung, die gelernt und erlebt wird. Die Kunst ist, sich in der gedachten eigenen Überlegenheit zurückzunehmen, sich in Bescheidenheit zu üben, sich ernsthaft und unverstellt zu verhalten. Der Versuch ist gewagt, wie alles gewagt ist, was aus einer abseitigen Position heraus geschieht. Vielleicht wird man gefressen, von gelangweiltem Hass, der Mehrheiten zu eigen ist. Bescheidenheit im Schlund der Bestie bewahrt Selbstachtung und geheimen Respekt. Bequemlichkeit ist nicht angeeignet, sie gehört dazu. Wer einen Hund oder eine Katze beobachtet, stellt fest, dass beide ein hohes Ruhebedürfnis haben. Dies gilt in minderer Form auch für den Menschen, ist aber irgendwie verdrängt worden. Man kann nicht immer nur jagen, rennen. Wir müssen ruhen, schlafen, Kräfte erneuern. Bequem hat viele Bedeutungen. Faul ist die unpassendste, weil sie voraussetzt, dass wir nicht faul sein sollten. Wir sollten aber, hingebungsvoll, lustvoll, ohne schlechtes Gewissen. Bequem kann auch bedeuten, wir wollten Veränderungen vermeiden. Dabei wird vergessen, dass auch die Vermeidung Kraftaufwand erfordert. Wer sich Veränderungen widersetzt oder sich sträubt, muss nicht bequem sein. Allein das Widerstreben mag ähnlich viel Kraft kosten wie der Wille zur Veränderung. Die Erkenntnis, im Alter werde man bequemer, muss nicht zwangsläufig bedeuten, dass man weniger Kraft verbraucht. Ich werde müde, es schneit.

Über Nacht eingeschneit. Immer noch fällt nasser, dicker Schnee aus morgengrauen Wolken. Die längste Frostperiode des Winters. Selbst der Salbei an der Hauswand hat sich mit kleinen Hauben übergossen.

Kälte gleich Grünkohl, oder Braunkohl, oder friesische Palme. Grünkohl schmeckt nur, wenn er Frost abbekommen hat, weil dann ein Teil der Kohlehydrate zu Zucker umgewandelt wird. Und wer meint, dass der nach dem Ernten gefrostete Grünkohl so schmeckt wie der natürlich gefrorene, der irrt. Im Norden Deutschlands kennt jede Familie ein eigenes Grünkohlrezept, andere Zutaten, andere Fleischbeilagen. Meine Mutter, geboren 1912 in Lehe, zu Kaisers Zeiten ein Ort nordöstlich von Bremerhaven mit einer Pferdebahn zum Bahnhof Geestemünde, einer Dampfsäge und einer Post zweiter Klasse, meine Mutter kochte unseren Grünkohl mit Schweineschmalz und Hafergrütze, mit fettem Bauchspeck und Pinkel. Pinkel gibt es nur im Zusammenspiel mit Grünkohl, ist eine Wurst aus Würfelspeck, Gerstengrütze, Rindertalg, Schweineschmalz, Zwiebeln, Salz, Pfeffer und anderen geheimen Gewürzen. Der Name selbst betrifft die Hülle um die Wurst, ein gereinigter Rindermastdarm, im Plattdeutschen eben „Pinkel". Diese Pinkelwurst wurde unserer Familie, die es in den Jahren nach dem 2. Weltkrieg ins Hannöversche verschlagen hatte, gebracht oder zugeschickt. Später stieg meine Mutter, sich den Sitten und Gegebenheiten anpassend, auf Brägenwurst um, wohl auch deshalb, weil in dieser würzigen Wurst nichts mehr von Hirn zu finden war. Die Vorstellung, Hirn zu essen, hatte etwas Kannibalisches. Grünkohl heute, Standard in vielen Restaurants, hat nichts mehr gemein mit dem Gericht der Altvorderen, ist bloßer Abklatsch. Ostfriesen glaubten einst sogar, mit gestohlenem Grünkohl lahmende Schweine heilen zu können. In diesen Zeiten küren sie Grünkohlkönige.

20. FEBRUAR

Unsere Träume sprechen von der Wirklichkeit, geheime Gedankenwelten, versteckt vor dem Zugriff anderer Welten, zerbrechlich in ihrem eigenen Gefäß. Und manchmal können wir erst weiterdenken, wenn etwas geschehen ist.

Merkwürdiger Winterrhythmus. Morgens heftiger Schneefall, bis zum Nachmittag taut es, in der Nacht heftige Kälte.

21. FEBRUAR

Dicke Schneewolken. Treiben vorbei. Schade.

Wer wissen möchte, wie die Welt aussehen wird: In 50 Millionen Jahren ist Rom verschwunden, Italien ein Hochgebirge in Himalaya-Größe. New York ist auch verschwunden, an der Ostküste Amerikas faltet sich eine Art Anden auf. Bye Manhattan. In 250 Millionen Jahren verschmelzen die beiden Amerikas auf ihrer Ostdrift mit dem Rest der Welt zu Pangäa Ultima, dem allumfassenden Superkontinent. Von Berlin nach Frisco über die Super-Anden zu Fuß in 90 Tagen. Dann müssen wir uns beeilen, denn wahrscheinlich ist nach weiteren 350 Millionen Jahren Feierabend, die Strahlkraft der Sonne wird so stark, dass irgendwann sogar die Meere kochen. Bis dahin müssen wir, sofern der Mensch noch existiert, einen alternativen Ort zur Erde gefunden haben, nach dem Prinzip der Kolonisation vorgehen: entdecken, besetzen. Noch aber wissen wir nicht wohin, wir wissen auch nicht wie. Wir haben erst eine Ahnung davon, wie wir entfernte Universen erreichen können, nicht die Mittel. Vielleicht wird diese Ahnung irgendwann Wissen.

Zurück am Meer. Graues Grollen. Auf den flachen Wellen schmale weiße Kämme, über den Strand fließt windzerfetzter feiner Sand, der sich schmerzhaft in den Augen festsetzt. Auf einer Buhne eine Abordnung Möwen, die sich im schwächer werdenden Licht um ein paar Krebse streiten. Das Meer wirkt fern, unbeteiligt. An der Horizontlinie ein kräftiges Donnern wie an einem Riff, eine undeutliche Drohung. Es ist nicht sonderlich einladend, das Meer, es ist irgendwie nur da. Es hört nicht zu.

Traubenfladen

1 kg rote Weintrauben waschen und vom Stiel zupfen. Trauben mit 100 g Zucker und 1 TL Fenchelsamen mischen. 1 kg Hefeteig auf einer Arbeitsfläche ausrollen, mit 2 EL Olivenöl bestreichen. Durchkneten. Dünn zur Hälfte ausrollen und auf ein eingefettetes Kuchenblech legen. Die Hälfte der Traubenmischung darauf verteilen, darauf wiederum die andere Teighälfte und den Rest der Traubenmischung. Ränder gut andrücken und im Ofen bei 180 Grad circa eine Stunde backen.

Updrögt Bohnen

Das Ostfriesische Nationalgericht. Die charakteristischen Speckbohnen (kann man kaufen) werden nach der Ernte auf Faden gezogen und in der Küche oder auf dem Dachboden getrocknet. So wird's gemacht: 500 g Bohnen über Nacht einweichen, in Stücken in frischem Wasser etwa 30 Minuten kochen, Wasser wechseln. Jetzt 500 g durchwachsenen Speck dazu und mit etwas Salz etwa 1 – 1½ Stunden köcheln lassen. Nach dieser Zeit 500 g Kartoffeln und 4 Pinkel- oder Mettwürstchen dazu, gar kochen, Pfeffer, Salz und etwas Essig, Würstchen herausnehmen, den Rest durchstampfen.

23. FEBRUAR

Über Nacht beschneite Insel, bleiche Dünen, aus denen das verdorrte Gras des letzten Sommers sticht. Graubrauner Wintersand am Meeressaum, leise knirschend unter den Füßen. Das Meer selbst ist heute braungrau, ernst wie die Ringelgänse, die sich auf einer Steinzunge ins Meer niedergelassen haben. Der Eiswind frisst das Gesicht, tränende Augen. Die Festlandwelt rückt ein Stück zurück. Über dem Wasser die unklare Strandlinie von Juist, unerreichbar. Vier Krähen balgen sich auf einer Schneewehe am Strand, beobachtet von einer tippelnden Möwe. Winterlust. Aus den Wolken stäuben wenige Flocken, Kristalle, die auf der Haut landen und zerfließen. Tiefer im Meer eine knallige orangerote Boje, das fahle Licht durchschneidend, ein Farbklecks wie ein Ausrufezeichen. Zwischen Boje und Juist stürzen Wellenberge in sich zusammen, berauscht von Jahrtausenden, wiederkehrender Gleichklang. Ein Winterkonzert, kalt und schwer.

Sniertjebraa
1 kg Fleisch, manche nehmen nur Schweinefilet, andere eine Mischung aus Nacken-, Schulter- und Schinkenbraten sowie Rippchen. Auf jeden Fall das Fleisch in gute Stücke schneiden, mit Salz und Pfeffer einreiben, ein Lorbeerblatt und Senfkörner dazu, das Ganze in etwas Schweineschmalz anbraten und mit Wasser ablöschen, 30 Minuten schmoren. Dazu dann 3 Zwiebeln und 2 Möhren, beides klein geschnitten, noch einmal 50 Minuten schmoren. Fleisch herausnehmen, den Sud durchsieben, mit etwas Sahne, Salz und Pfeffer abschmecken. Beilagen: Kartoffeln, Gewürzgurken, Rote Bete, süß-sauren Kürbis und Rotkohl.

Grau, kalt, nieselig und was weiß ich noch alles...

24. FEBRUAR

Hinaus auf die nebelnde See, die sich eigener Stärke bewusst plustert und fast grünlich zum Festland rollt, hin zu einer schneebesetzten Küstenlinie, in der sich friesische Bauernhäuser ducken. Hier und da taucht aus den Wellentälern eine weiße Brust auf, wohl Eiderenten, die den Morgen verdümpeln. Das Schiff geht sanft auf und ab, leichte Seitwärtsbewegung. Im frostigen Watt vor dem Strand Seevögel zu Tausenden, wenig unterwegs, wie erstarrt. Vielleicht Nonnengänse, auch wieder Ringelgänse, jede Menge Enten und reichlich Möwen und Seeschwalben, die sich vor dem nahenden Sturm auf dem Festland in Sicherheit gebracht haben. Noch im 19. Jahrhundert müssen hier an der Küste Abertausende von Gänsen gewesen sein. So wurden Ringelgänse in Massen gefangen und auf den Markt gebracht, 25 Mark das Paar. Und das einem Vogel, der nach der Fabel nicht aus dem Ei, sondern aus Entenmuscheln kommt. Entenmuscheln sitzen an schwimmenden Teilen, Schiffen, treibendem Holz, Haifischen. Die sind ihnen am liebsten, in die graben sie sich ein, verlieren daraufhin die Lust des Marodierens und bilden sich zurück, vor allem den muskulösen Stiel, mit dem sie sich an Treibgut andocken. Erfülltes Leben.

Ostfriesische Kartoffelsuppe
250 g durchwachsenen Speck und 4 Zwiebeln in kleine Stücke schneiden, in einem Topf anbraten. Mit 1 Liter Wasser ablöschen, die gewürfelten Kartoffeln (1 kg - mehlig) sowie 3 klein geschnittene Möhren, Sellerie und 1 Porree dazugeben, salzen und 1/2 – 1 Stunde kochen lassen, passieren, mit Pfeffer abschmecken. Auf Tellern 500 g gepulten Granat (Krabben) verteilen, dazu die Suppe, mit frisch gehackter Petersilie bestreuen.

Der 100jährige hat für diese Tage Hochwasser prophezeit, mit großen Schäden. Irgendwie daneben, seit Tagen Frost und Schnee. Am Fenster im Hotel Eisblumen, nie gesehen seit frühsten Kindertagen. Hexagonale Kristalle, gleichmäßige Sternchen. Fenstereis, in das der leicht geblasene Atem kleine, runde Löcher fräst, hinter denen im Licht kalter Laternen stürmende Flocken tanzen und singen. Kleine Löcher, die wieder zuwachsen, wenn der Atem staunend innehält, neue Eissterne, die die Nacht verbergen.

Wenn dir jemand das Gesicht wegschießt, wirst du das nie vergessen. Du kannst es verdrängen, aber du wirst es nie vergessen. Die Kugel sitzt wie ein riesiger Eiszapfen an deinem Herzen. Wie reagiert man auf Bloßstellungen, auf Provokationen, auf brutale mentale Akte, wenn dir das Gesicht fehlt und du nicht mehr sprechen kannst? Du speicherst ab und denkst an Rache. Oder du verdrängst und versuchst, es zu vergessen. Du kannst es aber nicht vergessen. Manche Menschen verändern deshalb ihr Leben, leben ein anderes Leben, manche Menschen warten. Die Reaktionen auf Erlittenes sind unterschiedlich. Am meisten Kraft braucht das freundliche Lächeln, das Sichergeben. Die Rede ist aber auch von den anderen, von denen, die vielleicht aus purem Machtgehabe andere bloßstellen, sie kriechen sehen wollen, Lust in ihrer Macht spüren. Widerlich. Es ist immer wieder widerlich, weil sich in Wahrheit im Menschen nichts verändert hat.

Der Winter ist spät dran. Wieder hat es geschneit, es friert.

Wir merken uns alles. Alles. Speichern alles ab. Je häufiger wir etwas erleben, desto stärker reagieren wir auf das Erlebte, erleben es sogar als Struktur oder als Gesetzmäßigkeit. Wer Terror erfährt, neigt zur Ausübung von Terror. Und wer nie Gerechtigkeit erfahren hat, neigt zu brutaler Selbstjustiz.

27. FEBRUAR

Alles weiß, Sonne, ein blitzender, schöner Wintertag. Gegen Mittag ziehen Wolken auf, leichter Schneefall.

Ein französischer Nachrichtensprecher, der nicht zu seiner 13-Uhr-Sendung erscheint, beleidigt, angewidert von einem kritischen Zeitungsbeitrag. Wutanfall, Reaktion, Über-Reaktion. Franzosen lieben das, das Obelix-Individuum, das Ungerechtigkeiten nicht ertragen kann, das zur Dampfwalze wird, nachhaltig, sichtbar, Emotionspakete, die nicht zu bändigen sind. Sie haben Recht, die Franzosen, auch wenn nicht alles Recht ist, was der Einzelne als sein persönliches Recht deklariert. Es ist ihnen eigen, das Freiheitsgen, das dem allmächtigen Gemeinwesen mit großer Vorsicht begegnet. Es muss wohl stimmen, dass sich Erfahrungen in unseren Genen niederschlagen. Wie sonst ließen sich völkertrennende Eigenschaften erklären. Deutsches Pflichtgefühl, brasilianischer Samba, französische Revolution, und so weiter... In Deutschland ist das mit den Nachrichtensprechern anders. Die sind gesichtslos perfekt. Wie der Sprecher, der in den Hauptnachrichten eine Meldung liest, feststellt, dass es die falsche ist, abrupt abbricht und beginnt, in den vor ihm liegenden Blättern herumzuwühlen. Genervt aufgibt, zum Menschen wird. Entschuldigung, ich hab keine Drei, Anton... Warten, grinsen, warten. Dann Schritte, ein Blatt wird gereicht, die Drei, endlich. Dies

Einige Könnens ab...

O. Wens
2005

freut dann den Zuschauer, die Menschwerdung, alle haben es gesehen, alle hatten Spaß und die Erkenntnis, dass wir so deutsch vielleicht doch gar nicht mehr sind. Vielleicht doch noch.

28. FEBRUAR

Die kälteste Nacht des Jahres. Minus 11 Grad, am Harz minus 19 Grad. Auf einer weiten weißen Fläche ein Bussard mit hellem Brustgefieder, hockt auf einem Schneehaufen wie angepflockt. Bussarde im Winter sind traurig, sehen immer so aus, als seien sie wieder einmal erfolglos an einer Maus vorbeigeschrammt. In ihrer Haltung liegt Hunger, Kargheit. Aber sie sind da. Auch im tiefsten Winter. Wie manche Menschen, die wir erst dann bemerken, wenn sie sich bewegen. Von denen wir nicht glaubten, dass sie sich bewegen könnten. Die sich nie bewegt haben.

März-Prolog

Atem holen. Luft anhalten, ausstoßen, durchschnaufen. Inwendige subversive Kräfte sammeln. Gedanken eines Rodeoreiters vor dem Abwurf.

1. MÄRZ

Meteorologischer Frühlingsbeginn. Es schneit. Der Bussard sitzt auch heute auf seiner Ackerkrume. An derselben Stelle. Ich glaube nicht mehr an diesen Bussard. 200 Meter weiter steht ein Graureiher regungslos im Feld. Auch das glaube ich nicht mehr.

2. MÄRZ

Wann in den vergangenen Jahrzehnten hatten wir einen so späten und lang andauernden Wintereinbruch... Mitte der 80er sind wir, einmal, im Januar wochenlang über weite weiße Felder gelaufen. Damals glaubten wir, der Winter ende nie. In meiner Kindheit bauten wir große Schneemänner mit Möhrennasen und schwarzen Kohleaugen. Wir wurden größer und die Schneemänner immer kleiner, bis sie nur noch Postkartenmotive oder bösartige Filmfiguren waren. Schneemänner sind nicht bösartig. Sie sind freundliche Wesen, vom Zufall und aus unserer Phantasie gebacken, ein von kindlicher Begeisterung und Liebe geformtes Gebilde, das in Gleichmut verharrt und endlich in der Sonne zerfließt, bis ein letztes grauweißes Häufchen eine unendliche Erinnerung in uns bewahrt.

Schneesuppe

300 g dicke weiße Bohnen über Nacht einweichen, das Wasser abgießen und die Bohnen in 2 Liter Wasser mit 300 g durchwachsenem Speck 2½ Stunden bei mittlerer Hitze leise kochen lassen. 500 g Kartoffeln schälen und würfeln, nach 2 Stunden zu den Bohnen geben. In einem anderen Topf 100 ml Rinderbrühe erhitzen, dazu 200 g Sauerkraut und 1 Lorbeerblatt, bei mittlerer Hitze 15 Minuten kochen, salzen und pfeffern. 2 Knoblauchzehen klein schneiden, in 4 EL Olivenöl andünsten, mit 1 EL Mehl anschwitzen. Zur Schwitze das Sauerkraut, das Ganze 5 Minuten leise kochen. Den Speck aus der Suppe nehmen, etwas abkühlen lassen und in Stücke schneiden. ⅓ der Suppe fein pürieren und wieder zurück zum Rest. Sauerkraut und Speck dazu, noch einmal 5 Minuten leise kochen. Schließlich glatte Petersilie fein hacken und zur Suppe geben, mit größeren Petersilieblättern anrichten.

Schnee macht Landschaften leise, viel Schnee macht Landschaften still. Vielgliedrige Bäume in blaugrauem Dunst. Über einer Wiese ein Reiher mit langsamem Flügelschlag, darunter wohl 40 Graugänse, zusammengekauert.

Seit genau 100 Jahren gibt es Sinalco, erfunden von einem Naturheilkundler, Friedrich Eduard Bilz. Sinalco war das Getränk meiner Schneemannzeit, Brause, ein gelber Saft in einer kurzen Flasche, geriffeltes, herbes Glas mit einem Wellenabsatz im oberen Drittel, mitten drauf prangte ein knallroter Punkt mit weißer Schrift, der Saft ein schmutziges Gelb. Schmeckte eigentümlich. Nach mit Metall versetzter Orange, brausig auf der Zunge, am Gaumen süß. In den 80ern verschwand Sinalco aus den Supermärkten, heute ist sie wieder da, vielleicht weil der Name ein erstrebenswertes einfaches Gestern zurückholt. Der Geschmack kann es nicht sein.

Müde. Schleppe Stunden. Brennende Augen.

4. MÄRZ

Ein Aspekt des Älterwerdens ist die Suche nach dem, was man versäumt hat. Deshalb werden Autobiografien geschrieben und gelesen. Nur die Erfahrungen anderer Menschen geben Hinweise, was man noch tun könnte oder lieber nicht erleben sollte. Manches lässt sich auch im Kopf abhandeln. Man muss die Gedanken so nehmen, wie sie kommen. Kälterekorde für März. Minus 19 Grad.

5. MÄRZ

Immer noch sehr kalte Nächte. Am Nachmittag schneit es.
Es gibt Menschen, die besitzen konditioniert aufeinander abgestimmte Sinne. Hören sie Bach, schmecken sie gleichzeitig Vanillepudding. Doppelsinne. Es gibt auch Menschen, die nicht wissen, warum ihnen bestimmte Menschen nicht zusagen. Sie sollten prüfen, ob sie den anderen riechen können. Jeder Mensch hat seinen spezifischen Geruch, riecht anders, oder besser gesagt, er duftet auf seine besondere Weise. Manche Düfte passen besser zueinander als andere oder sie passen idealerweise sehr gut zueinander. Liebe ohne eine passende Düfte-kombination kann es nicht geben. Aber manchmal geschieht es eben, dass sich alle Schleusen öffnen, deine Lungen, dein Körper füllt sich mit angenehmen Düften, reagiert mit Wärme und Wohlbehagen. Der Nase ist eher zu trauen als den Augen. Die werden geblendet, getäuscht. Die Nase schürft im Grund. Jeder Mensch hat seine Lieblingspalette von Düften, auf der anderen Seite seine Abneigungen, das, was ihm stinkt. Zarte Limone gegen Treppenhäuser, die Kohl ausdünsten. Waldmeister und Moschus gegen faule Eier und saure Säfte. Frisches Grün und der erste warme Frühlingsduft, ein Hauch, der sanft die Haut umspielt.

Fenchel-Risotto
2 klein gehackte Schalotten in Olivenöl andünsten, 300 g Milchreis dazu und glasig rühren. 1 Liter Gemüsebrühe einrühren und ca. 30 Minuten gar ziehen lassen. Fenchel in Stücke schneiden, in Butter und Olivenöl anbraten und mit dem Reis mischen. Anrichten mit Parmesan und glatter Petersilie.

6. MÄRZ

Es ist nie so, dass man nur einen Gedanken denkt. Es sind auch immer noch andere Gedanken da. Parallelwelten. Ergänzungswelten. Und diese Gedanken kann keine Macht der Welt auslöschen, mitlesen und beseitigen.
Die Sonne beisst sich in den Schnee.
Die meisten Menschen, vielleicht alle, sehen sich als Lichtquelle, die in der Nacht von Motten und anderem Getier umkreist wird. Manchmal fliegt ein Stein in diese Lichtquelle und zerstört sie.

Ruhiges Winterwetter. Keine Spur von Frühling, es sei denn, man sähe in der knospenden Pflanze das Frühlingsblatt.

Motten gehören zu den Insekten, die sich durch Unansehnlichkeit tarnen. Bei näherem Hinsehen erkennt man nicht selten sehr feine Zeichnungen und einen an Gold und Silber reichen Farbenglanz. Gleiches gilt für Menschen. Der zweite Blick ersetzt nicht den in der Regel entscheidenden ersten, er kann aber Schätze entdecken, unerwartete und dauerhafte.
Kälte liegt über dem Schnee, bleiern und rot.

Lodernde Spaghetti
Mett ½ + ½ in reichlich Olivenöl anbraten, dazu 2 klein geschnittene große Chilischoten und 1 Bund klein gehackte krause Petersilie. Mit Fleur de Sel salzen, dazu jeweils 1 Paket tiefgefrorenes Basilikum und Knoblauch.

7. MÄRZ

Diesige Winterfelder. Darüber eine kalte Sonne, die nur eine Spur von Erwartung verbreitet. Am Nachmittag regnet es, der Schnee wird hässlich. Zum ersten Mal nach Monaten höre ich die 6-Uhr-Glocken, bestimmt, anhaltend. Als wollten sie neben der Zeit etwas anderes einläuten. Der Tag verblasst, löst sich auf. Ich wollte, es wäre 1972 und ich könnte Wörter und Sätze sagen, die ich damals nicht gesagt habe. Einmal nur. Damals habe ich geglaubt, ich müsste nicht sprechen, weil meine Gefühle erspürbar seien. Gefehlt. In jedem Leben gibt es wohl Sätze, die nicht gesprochen wurden. Man kann dies bedauern, aber es ändert nichts. Es gibt immer Gründe, deretwegen diese Sätze nicht gesprochen wurden. Sie sitzen tief in dir und wollen nicht heraus. Sie sitzen und warten. Irgendwann kommen sie heraus und stiften Verwirrung in der Vergangenheit. Anhaltend. Wie die graue Milch der Dämmerung, die sich über mein Herz legt.

8. MÄRZ

Es gibt Orte, an denen man nicht sein möchte. Es gibt Orte, an denen man sich überlegt, dass man dort nicht sein möchte. Und es gibt Orte, die dich überraschen, weil du sie so nicht erwartet hast. Du siehst sie

Wintersonne mit...

erst dann, wenn du dort bist. Das Kunstmuseum Wolfsburg gehört zu den Orten, zu denen man sich zwingen muss. Pop Art Rosenquist. Damals Moderne, Werbung in der Malerei. Heute teuer und überholt. Ein winziges Stückchen einer Jugend, die vorbei ist. Gebratener Bacon, der geklammert an einer Wäscheleine hängt. Es ist nicht die Frage, wie sich jemand entwickelt. Man entwickelt sich, wohin auch immer. Selbstverständlich malt Rosenquist nicht mehr popartig, er ist monumentaler, kräftiger, deutlicher. Um sich dann wieder aufzulösen. Der Meteor schlägt in Picassos Bett ein. Na gut, es ist eben so. Und der Betrachter kehrt geläutert zurück zu einem Bild von 1958, das irgendwo eine wacklige Treppe erahnen lässt, Kraft der Jugend, Kraft des Suchenden und des Zweifelnden, in seiner Abstraktheit, den dreckigen Farben und dem diffusen Hin und Her vielfältig und nahe. Verschwommene, düstere Farben, die leben.

9. MÄRZ

Manchmal geht ein Stück Gelassenheit verloren. Durch einen Stoß, durch eine Richtungsänderung. Gelassenheit ist so etwas wie der schwebende Ruhezustand in der Bewegung. Ich überlegte, ob ich mit einem Baum sprechen sollte. Stand also vor dem Baum und sicherte in alle Richtungen, ob mir nicht jemand zusah. Das wäre mir peinlich gewesen. Der Baum ist wohl eine Eiche, mitten in der Feldflur, allein, weit ausladend, ein prächtiges Exemplar mit dickem, borkigem Stamm, alt und kräftig, sturmerprobt. Was sollte ich sagen, wie sollte ich es sagen? Reichte ein inneres Zwiegespräch, eine innere Übereinkunft zwischen uns beiden, die stille Kontaktaufnahme? Oder sollte ich laut und vernehmlich sprechen? Diese Fragen versprachen Heiterkeit und den Beginn der Abwendung von alten Lasten, die ohne Zweifel wiederkehren würden. In diesem Augenblick aber sehnte ich, den Baum zu fassen. Ich tat ein paar Schritte und berührte den Stamm, nass und kalt, hart und schorfig, gewaltig im tiefen Wissen um Leben und Sein. Es war mir, als spräche der Baum, als öffnete er sich, als wendete er sich mir zu. So stand ich eine Weile und vergaß. Ich schaute zum Himmel und sah im mächtigen Geäst ein verlorenes Blatt vom letzten Herbst. Mehr eine Warnung als eine freundliche Aufforderung. Ich verlor ein Seufzen, ein klammes Weh, das in meiner Seele stockte. Zeit strömte, verging in grauen Wolken, die vorüberflogen. Es war wie ein kurzes Augenschließen, etwas, das fortging und zurückkehrte und mich wieder ver-

ließ. Ich löste die Berührung und ging langsam davon. Nach einer Weile drehte ich mich um und sah ihn, inmitten des spärlichen Grüns, stumm, entfernt, doch irgendwie vertraut.

Schmuddelwetter. Schneeschauer, die nichts hinterlassen. Rückzugsgefechte des Winters.

Fettuccine mit Zucchini

2 fein gehackte Schalotten in Butter und Olivenöl leicht anbräunen, dazu 2 mittlere Zucchini, die in dünne Streifen geschnitten wurden, viel fein gehackten Knoblauch und in Ringe geschnittene Frühlingszwiebeln (1 Bund). Mit Gemüsebrühe ablöschen, Frischkäse einrühren, viel Parmesan. Leise kochen lassen. Die Soße mit Balsamico, Salz und Pfeffer abschmecken. Anrichten mit reichlich Parmesan.

10. MÄRZ

Strahlende Sonne. Es atmet, es lacht.

Schweigen ist schwierig. Viel schwieriger als sprechen. Wir müssen sprechen. Dieser angeborene Zwang bringt uns dazu, Wörter zu benutzen, die wir nicht aussprechen wollen, die wir bereuen. Wäre dies selten, könnten wir leicht darüber hinweggehen. Es ist aber nicht selten. Immer wieder stellen wir fest, dass wir etwas sagen, was die Situation nicht trifft oder falsch aufgefasst wird. Dies ist nicht rückholbar. Es ist gesagt. Und auch, wenn wir etwas so nicht hatten sagen wollen, haben wir einen Eindruck hinterlassen. Jemand hat unser Wort gehört und ordnet es uns zu. Wir werden verdächtig. Häufig wissen wir im Augenblick der Äußerung, dass wir etwas Unpassendes geäußert haben. Dann kommt es auf uns an, wie wir damit umgehen. Wir könnten es hinnehmen, weil wir wissen, dass es unmöglich ist, immer das Richtige zu sagen. Wie soll man angesichts der vielen Wörter immer die richtigen finden, jederzeit, an jedem Ort. Es ist unmöglich. Das Schweigen ist eine ganz andere Kraft. Es bedeutet sich versagen, unterdrücken, zurückhalten. Wer hat nicht erlebt, wie die Wörter von innen drücken, wie sie heraus wollen. Sie nicht zu sagen ist Qual, weil man sich versagt, den anderen wissen zu lassen, dass man etwas weiß. Schweigen ist nicht gleich Schweigen. Es gibt das wissende Schweigen, erkennbar durch mimische Unterstützung. Ich zeige klügelnd an, dass mein Schweigen nicht ohne Grund ist. Es gibt das unschuldige Schweigen, das darauf beruht, dass ich nichts weiß.

Nichtwissen bewahrt mich vor dem Drang, etwas sagen zu wollen. Der Nichtwissende ist, oberflächlich gesehen, geschützt vor der Reaktion, kann aber diese geradezu herausfordern, weil der andere nicht bereit ist zu glauben, dass man nichts weiß. Das menschliche Beieinander ist kompliziert. Es gibt ein zurückhaltendes Schweigen, ein Schweigen, das darauf Rücksicht nimmt, dass ein anderer auf meine gesprochenen Wörter empfindlich reagieren würde. Vielleicht ist die Rücksicht unangebracht. Es gibt das aggressive Schweigen, das dem anderen signalisiert, dass ich schon anders könnte, wenn ich wollte. Das beredte Schweigen, das alles ausdrückt, was der andere wissen will. Ein lähmendes Schweigen, das jede Unterhaltung unterbricht und Räume in Winterlandschaften verwandelt. Ein entsetztes Schweigen, das fassungslos und ohne Worte auf ein Geschehen reagiert. Schwätzer sagen in diesem Fall: Mir fehlen die Worte! Schwätzer sind die, die nie schweigen. Es sei denn, sie werden von einem Ereignis oder einem Wort überfallen, das auch sie zum Schweigen bringt.

Am Morgen des 10. März wachte Robert Katz auf, drehte sich nach seiner Frau um und musste feststellen, dass sie nicht mehr atmete.

11. MÄRZ

Der Abendvogel fliegt sehr hoch, er möcht' dem Tag entfliehn...
Dicke Wolken. Es gießt in Strömen.
Der Quantensprung ist die Vorstellung von einer Zeitenfolge, die über das normale Maß hinausgeht. Normal hieße 1, 2, 3 usw. Beim Quantensprung folgt nach 1 nicht 1 hoch 10, sondern mindestens 3, eher aber eine noch höhere Zahl. Der Quantensprung entspricht den Wünschen am Ende des Winters. Er möge endlich vorbei sein. Und dies nicht langsam und stetig, sondern abrupt, hier und jetzt. Sah auf einem Nest zwei Störche klappern. Liegt daran, dass einige Störche nicht mehr in den Süden fliegen.

Tomatenpesto
75 g getrocknete Tomaten in heißem Wasser 20 Minuten quellen lassen. Etwas ausdrücken, in Stücke schneiden. Mit 2 geschälten Knoblauchzehen und ein paar blanchierten Mandeln im Mixer glatt pürieren. 3 EL grob geschnittene Petersilie und 1 EL Zitronensaft dazu, weitermixen und dabei 75 ml Olivenöl langsam zulaufen lassen. Mit Salz und Pfeffer abschmecken. Auf Baguette wunderbar.

12. MÄRZ

Die ersten Zugvögel kehren zurück. Am Nachmittag ein kräftiger Donner, Wintergewitter, es hagelt dicke Körner.
Manchmal denke ich, dass ich von der Zeit getrieben werde. Willenlos. Beharrlich geschoben, während die Glocke der Vergänglichkeit schlägt. Es ist so, dass mit 50 der Gedanke an den Tod kam und nicht mehr gehen wollte, zum ständigen Begleiter wurde, wo er zuvor nur philo-

sophische Größe war. Manche Menschen entscheiden sich, ihrem Leben selbst ein Ende zu bereiten, den Zeitpunkt ihres Ablebens selbst zu bestimmen. Zumeist in jüngeren Jahren, wenn die Zukunft wie ein unüberwindbarer und erdrückender Berg vor dir steht und die Verzweiflung im Angesicht eigener Hilflosigkeit überhand nimmt. Diese Entscheidung erhebt uns zweifelsohne über die rein biologische Existenz, macht aber wenig Sinn, da der Tod in jedem Fall kommt. Die Jugend hinter sich, hat man auch die Zukunft hinter sich. Verzweiflung ist dann höchstens körperlich. So ist das. Und doch wird immer wieder Frühling.

Manchmal sitze ich nur so da und schaue. Welch einfaches Sein, ohne Last, ohne Schub, glückliche Momente.

13. MÄRZ

Oder man lebt nicht... Ich würde gern auf einer Terrasse am Meer sitzen und in die brennende Abendsonne schauen. Oder ein stiller Mensch sein, der still angesehen wird. Leise, fröhliche Vogelstimmen aus dem Garten. Vielleicht...

„Die Nachtigall, sie war entfernt,
der Frühling lockt sie wieder.
Was Neues hat sie nicht gelernt,
singt alte, liebe Lieder."

Es kann nicht sein, es ist zu früh im Jahr. Goethe ging ein wenig abschätzig mit der Nachtigall um, wenn er ihr nur die Kunst alter Lieder zuschreibt. Mir scheint, in seiner Zeit galt die Nachtigall als etwas Gewöhnliches, weil sie noch häufig vorkam. Bewusst, wissend, habe ich ihren Gesang nur einmal in meinem Leben gehört. Ich wanderte morgens gegen fünf, in der Dämmerung, in der Herrenhäuser Allee, die damals aus sehr alten Lindenbäumen bestand und herrlich duftete. Ich hatte es nicht eilig, es war eine sehr milde Nacht und ich zufrieden mit meiner Jugend. Zunächst glaubte ich, eine Amsel sänge an meinem Weg. Dann hörte ich ein Lied, das eine Amsel nicht beherrscht. Es modulierte, stieg und fiel, trillerte, fand immer neue Strophen. Ich verharrte, ganz allein in diesem beginnenden Tag, ergriffen, weich in der Brust. Ich wusste, ich hörte eine Nachtigall. Ich weiß nicht, wie lange ich geblieben bin. Ging sie, ging ich? Irgendwann haben wir uns voneinander getrennt. Und ich trage immer noch das Gefühl des Bedauerns in mir, mich gelöst haben zu müssen von etwas, was es kaum schöner gibt auf Erden. Manchmal lausche ich in die Dämmerung. Eine Nachtigall hat es nie mehr gegeben.

14. MÄRZ

Die Tage wissen nicht in welche Richtung. Ein Hauch von irgendwas, unbestimmt. Frühling oder Winter, nichts von beidem, dazwischen.
Vorfreude ist die eigentliche Lust, die Erfüllung ist Vergangenheit und sucht schon wieder Zukunft. Keine Zeit zum Innehalten. Manchmal lege ich meinen Kopf in eine Hand, müde, und suche die Gegenwart. Sehnsucht ist die Zukunft, und die stirbt an der Schwelle der Erfüllung, sagt Ernst Bloch. Wenn dies so ist, zählt nur das Jetzt, weil das Jetzt auch das Morgen einschließt.
Ein Wein wird nicht besser, wenn man ihn aus einem schönen Glas trinkt. Er ist gut oder schlecht. Ist er schlecht, kann das schöne Glas helfen, die Illusion eines guten Weins aufzubauen. Mehr nicht. Ansonsten ist das Jetzt für alle gleich, auch wenn jeder das Jetzt mit einem anderen Anspruch und dem eigenen Leben füllt. Kann ich einem anderen

Menschen erklären, was Glück ist? Jeder Mensch sucht sich sein eigenes Glück, seine eigenen Illusionen, seine eigene Vorfreude, die eigene Erfüllung.

Und Sehnsucht ist manchmal auch Vergangenheit.

15. MÄRZ

Der Frühling schleicht sich langsam heran, es wird wärmer. 12 Grad am Tag. Krokusse explodieren.

Im März 1964 stieg eine Gruppe namens Four Preps mit dem Song „A letter to the Beatles" auf Platz 87 in die Hot 100 der US-Billboard-Charts ein. Es reichte nur für Platz 85. Ein kleiner Song, der das Thema Sehnsucht beschreibt. Ein enttäuschter Sänger singt von seinem Mädchen, das sich gnadenlos in die Beatles verliebt hat, ihnen einen Brief schreibt, in dem sie hingebungsvoll erklärt, dass sie ihnen alles gibt, ihre wahre Liebe, für immer. Der Antwortbrief sagt ihr, das sei nicht genug. Es bedürfe 25 Cent für eine Autogrammkarte und 1 Dollar für eine Fanclub-Karte, dann gäbe es eine Haarlocke der Beatles, als Zeichen der Verbundenheit. Das Mädchen schreibt noch einen Brief, man habe sie wohl falsch verstanden, sie wolle nur ihre Liebe darbieten, für immer, ewig. Antwort erneut, dies sei einfach nicht genug, 25 Cent, 1 Dollar. Sie schreibt einen dritten und letzten Brief, der enttäuschte Sänger schreibt sie ab, sie zahlt 25 Cent und 1 Dollar und wird die Geliebte der Beatles. In ihren Vorstellungen. Träume und Sehnsüchte, die sich durch nichts, durch gar nichts abschrecken lassen. Ein hübscher kleiner Song.

16. MÄRZ

Legte meinen Kopf auf deine Brust
für einen letzten kleinen Tod.
In meiner Ruhe rauschten Bäche
ein Wasser trieb zu Tal.
Im Astwerk weicher Bäume schlugen Finken
als sei es Frühling das erste Mal.
Erwachte aus diesem fernen Traum
sah um deinen Mund ein Lächeln spielen.
Legte meinen Kopf an deinen
um endlich Frieden zu erspüren.

17. MÄRZ

Frühlingstage. Bis 20 Grad. Müde. Man meint zu spüren, wie die Baum-
säfte fließen. Als erstes in Birken. Ein süßer Saft, der von manchen Völ-
kern heute noch getrunken wird, eine Art Frühjahrskur, die bei vielen
Leiden helfen soll. Man gewinnt den Birkensaft durch Anbohren eines
Birkenstamms, steckt ein Röhrchen in das Bohrloch und fängt das Wasser während der nächsten 2 Tage auf. Mit Zimtstangen und Gewürznel-
ken kühl gestellt, hält sich der Birkensaft eine gute Woche, geht dann in
Gärung über. Wird dann ein Getränk, das in Russland auch brüchigen
Männern gereicht wird, Männern mit Potenzproblemen. Hilft dies
nicht, so hat der Bedürftige zumindest einen kräftigen Rauschzustand
erreicht.

Das Leben ist ein Fragment. Irgendwann bricht es ab und ist nicht vollendet. Es ist nie vollendet. Immer fehlt ein Stück.

Die Zubereitung von Schnittlauchkartoffeln kann im Ergebnis so überraschend wie das Leben sein. Sie werden immer ein wenig anders, sind nie ganz vollkommen. In der Tat kann man vieles falsch machen. Das beginnt bereits mit den Kartoffeln. Die dürfen auf keinen Fall fest kochen, müssen mit der Gabel leicht zu musen sein, über den Garpunkt gekocht werden. Der Eigengeschmack der Kartoffel darf nicht zu kräftig sein, muss sich harmonisch einfügen in die anderen Geschmackszutaten. Und, die Kartoffeln müssen in leicht gesalzenem Wasser gekocht werden. Sind sie fertig und abgegossen, werden sie als erstes mit reichlich Olivenöl angereichert, reichlich, aber nicht zu viel, und das Olivenöl sollte ein qualitätvolles sein, eines, das man auch pur nur mit ein wenig Salz auf Brot essen könnte. Etwas nussig, sämig. An diesem Punkt der Zubereitung unbedingt salzen, unbedingt mit Fleur de Sel, grobkörnig. Der Fehlerquellen sind also derer bereits viele, die nächste droht bei der Menge des frischen Schnittlauchs, es darf auf keinen Fall zu wenig Schnittlauch sein, am besten zwei Bund, klein geschnitten. Es soll Menschen geben, die keinen Schnittlauch mögen - Pech gehabt. Und noch sind die Schnittlauchkartoffeln nicht fertig, es fehlt der letzte Pfiff, geraspelter Käse, wobei sehr wichtig ist, wie viel und welchen Käse wir nehmen. Eine große Hand voll und am liebsten Bergkäse, der ist etwas kräftiger als andere Käsesorten und verbindet sich geschmacklich außergewöhnlich gut mit Schnittlauch. Das wäre es fast, nun mit der Gabel drauflos gemust, nicht zu einem Kinderbrei, eher erwachsen grob. Das Ergebnis ist ohnegleichen, ein Essen, das man auch als Hauptgang nehmen könnte.

Manchmal gehe ich durch diese Stadt und sehe ein Gesicht, das ich kenne, das ich viel früher schon einmal gesehen habe. Ich glaube nicht, dass diese Gesichter mich erkennen. Es ist so, als habe man nicht gelebt, als sei das eigene Leben nur ein Traum gewesen. Bei diesem Gesicht war ich 17, bei jenem 25. Und bin selbst einzig eine Erinnerung in mir. Dann wieder sitze ich in einem Bistro und mustere die Eintretenden, hoffe, einen Menschen zu erkennen, ein Gesicht zu entdecken. Was ich entdecke, sind Gesichter aus jüngerer Vergangenheit, markante, die für eine kurze Weile haften bleiben. Ich ertappe mich dabei, auf Gesichter aus der weiten Vergangenheit zu warten, manche erinnern mich an ein Gesicht, an eine Bewegung, an eine Hüfte, an die schwungvolle Linie eines Beins. Es sind nur Ähnlichkeiten, nur vage Schatten. Die Gesichter der Vergangenheit sind im Heute anders, grau, faltig, voll mit Erlebtem. Und doch bleiben sie sie selbst. Es ist eine winzige Freude, eines zu entdecken und sich dabei der eigenen Existenz zu vergewissern.

Frühlingsanfang. Kalter Sonnenschein. Nichts bewegt sich. Am Nachmittag dann doch. Die ersten Mücken tanzen im Gegenlicht über weit geöffneten Krokuskelchen, der erste Zitronenfalter. Ich entdecke Stellen im Garten, die ich noch nicht bepflanzt habe, wo vielleicht noch etwas zu besäen wäre, wo ganz schnell noch etwas mehr und andere Farbe in den Frühling einzöge. Ein schönes Frühlingsblau, oder mattes Weiß in schwachem Gelb. Eine Orgie der Farben, ein Rausch, der die dauernde Kälte des Winters ablöst. Es gibt Gärtner, die rutschen vor ihren Stauden auf den Knien, bedacht auf deren Wohlergehen. Es gibt andere, die pflanzen und schauen, was passiert. Zufall im Märzsonnenstrahl. Vielleicht sollte ich doch noch Katzenminze pflanzen...

Schön zu wissen, dass wir nicht so schlau sind, wie wir von uns glauben. Wie zum Beispiel funktioniert ein Reißverschluss? Die meisten Menschen denken, sie könnten die Funktionsweise dieses so alltäglichen Gegenstands schnell und umfassend erklären. Sie können es nicht. Man muss sich klar machen, wie wenig man wirklich weiß. Und sich klar machen, dass es vielleicht auch gar nicht so wichtig ist zu wissen, wie eine Klospülung funktioniert. Vielleicht wäre es bedeutender, mehr über soziale Funktionsweisen zu wissen oder zu lernen. Ein Problem dabei ist, dass viele Menschen das Zusammenleben mit anderen nur von sich aus betrachten, sich als Zentrum der Welt sehen. Man sollte lernen, sich von Zeit zu Zeit von außen zu betrachten, sich selbst zu beobachten. Man könnte kritisch erkennen, dass manche unserer Verhaltensweisen borniert und für andere schwer verständlich sind. Wir stellen in dieser Borniertheit Vermutungen über die Beschaffenheit der Welt an, die uns nur deshalb richtig erscheinen, weil wir sie nicht überprüfen oder auch gar nicht überprüfen wollen. Vieles ist klar und deutlich, was möglicherweise doch weitaus komplizierter ist. Wobei sich die Welt an sich durch unsere pragmatischen Vereinfachungen ja nicht verändert. Sie bleibt kompliziert. Was uns als Vereinfachung in der Routine des Alltags eher nützt, kann allerdings gefährlich werden, wenn neben der Routine plötzlich Anforderungen auftauchen, deren Bewältigung wir nicht gelernt haben, zum Teil auch nicht gelernt haben können, weil sich extreme Anforderungen immer anders darstellen und sich nicht in der selben Weise wiederholen. Wenn wir aber davon ausgehen, dass das Leben komplizierter sein kann, müssen wir auch damit rechnen, dass etwas auf uns zukommen kann, was wir so noch nicht erlebt haben. Das hilft, macht uns aufnahme- und reaktionsbereit. Man sollte aber nie dem Glauben verfallen, das erfolgreiche Bewältigen

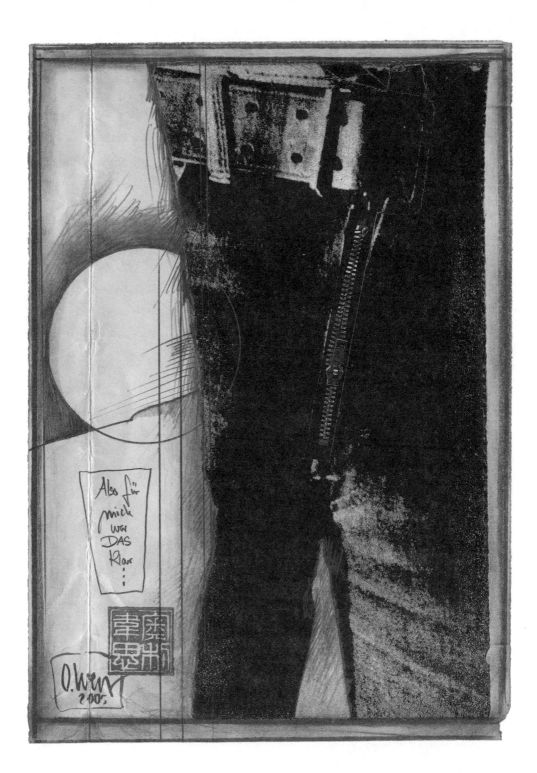

einer Situation ziehe weitere Erfolge nach sich. Das kann sein. Eher aber wahrscheinlich ist ein künftiges Versagen beim Festhalten an alten Methoden, insbesondere wenn man sich weigert, Misserfolge zu erkennen. Und was macht man, wenn man schon ahnt, dass eine kommende Situation ein hohes Potential an Überforderung mit sich bringt. Das Wissen um ein mögliches Scheitern macht vielleicht zu vorsichtig. Also, Augen zu und durch? Dies kann ebenso falsch sein, weil es ein völliges Versagen nach sich ziehen kann. Also, was tun? Wenn es so viele Möglichkeiten des Scheiterns gibt, gibt es dann überhaupt die Möglichkeit des Wissens um Erfolg? Vielleicht hilft gerade hier die Beschränkung, eine intuitive Borniertheit, das Vertrauen auf den Bauch.

Manchmal sitze ich da und schaue und denke, wie ich war. Ich war einst ein Flieger, der über grüne Wiesen zog. So war ich. Jetzt sitze ich da und schaue.

22. MÄRZ

Als ich die Augen schloss, öffnete sich eine strahlende Welt mit gelblichen Blitzen, durch die sich dunkle Schatten schoben. Sie bewegten sich immer schneller, tanzten einen unerklärlichen Reigen.
Dies ist die Welt Dazwischen, bevor wir schlafen, bevor wir nicht mehr wissen, was wir sehen. Im Dazwischen erkennen wir, tauchen Schatten auf, verschwinden Schatten. Im Dazwischen blitzt die farbige Welt vergangener Erlebnisse, Träume, Wünsche. Vor allem Wünsche. Sie kehren wieder, vorwurfsvoll, weil sie immer noch nicht von der Wirklichkeit eingeholt wurden. Wenn wir keine Wünsche mehr haben, was bleibt uns dann...

Das Dazwischen ist von unterschiedlicher Dauer. Mal wälzt es sich von einem Bild zum nächsten, weil es sich nicht für einen Augenblick entscheiden kann, mal sendet es eine vage Botschaft, die wir freundlich aufnehmen, aber nicht verstehen. Und mal flackert es auf und bricht ab, weil wir schon in das Vergessen hinübergewandert sind. Das Dazwischen ist auch die letzte Leistung unserer Energie, unsere letzte Anstrengung vor dem Welken und Nicht-Sein. Alles das, was wir nicht weitertragen, was nur uns gehört, was von der Zukunft ausgelöscht wird, sich aber gleichzeitig ungehört in sie einbrennt. Mehr ist es nicht.

23. MÄRZ

Das morgendliche, fröhliche Amselgezwitscher ist angenehme Wirklichkeit, setzt mich mit beiden Füßen in die Welt. Wenn einer auf dem Boden der Tatsachen steht, hat er wohl einen besonderen Blick für die Wirklichkeit. Vielleicht kann er gerade nicht anders, vielleicht bildet er sich auch nur ein, besonders realitätsnah zu sein. Es schwingt immer ein wenig Bewunderung in diesem Satz mit, als sei es bewunderungswürdig, sich nicht in Träumen zu ergehen, sich nicht übertriebenen Vorstellungen hinzugeben. Ich stehe auf dem Boden der Tatsachen, weil ich einfach nur dem Gesang der Vögel zuhöre und über Füße nachdenke, die sicherlich zu den unterschätztesten Körperteilen gehören. Nur mit ihrer Hilfe steht man auf dem Boden, bewegt sich von A nach B, manchmal von A nach irgendwo. Meine erste Fußerinnerung hat gegen einen Ball getreten. Mit dem linken Fuß, mein rechter Fuß ist linkisch, weiß nicht so genau, wie er einen Ball an die gedachte Stelle treten soll. Die Füße tragen die ganze Last des Körpers, müssen also etwas aushalten können und widerstandsfähig sein. Verletzt sind sie unerträg-

Damals
bei
Fuß

O.Wirz
2005

lich, lassen uns humpeln und den Weg von A nach B beschwerlich werden. Wie leicht dieser Weg war, fällt uns erst dann auf. Füße sind sehr unterschiedlich geformt. Ich sah Füße, bei denen zwei Zehen zusammengewachsen waren, was der Trägerin dieser Zehen aber nicht viel ausmachte, das ist eben so. Füße werden müde. Wenn man einen Berg vier Stunden besteigt, um dann vor einer Almhütte festzustellen, dass man den Berg auch wieder hinunter muss, bemerkt man, dass die Füße nicht mehr wollen, sich ausruhen wollen, sich nur noch widerwillig abwärts bewegen, wund werden, schmerzen. Sie gehen aber weiter, getrieben ohne Freude. Erleichterung, wenn das Ziel erreicht ist. Füße ruhen gern. Manchmal denke ich an sie, bevorzugt im Liegen. Dann strecke und dehne ich sie, um mich zu vergewissern, dass ich komplett bin. Man kann Füße auch auf andere Füße legen, dann sind sie der entfernteste körperliche Ausdruck inniger Verbundenheit. Daran denke ich, während die Amseln zwitschern.

Wenn ich meine Zeit damit verbrächte, die Augenblicke aufzuzählen, in denen mein Leben woanders ist, würde ich sehr ungesellig werden. Deshalb sage ich nichts. (Was für ein schöner Sonntag - Jorge Semprun)

24. MÄRZ

Schnüre durch den Garten wie ein Jagdhund, die Augen auf den Boden gerichtet, auf der Suche nach Leben. Zartgrüne Triebe von Taglilien, dunkelrote Köpfe von Pfingstrosen, erahntes Gelb der Forsythien, frühe kaukasische Veilchen, Schneeglöckchen in vollem Prunk, schmale Knospen der Narzissen und Osterglocken.

Gründonnerstag war der Tag, an dem Ostereier ausgeblasen wurden. Mühevoll ohne Kenntnis der richtigen Technik, allein das Piksen der beiden Löcher war schon gefährlich für das Ei. Zu kleine Löcher, und nichts passierte. Dann eben nicht. Die bevorzugten Farben der hart gekochten Eier, die man zu Ostern essen musste, waren Rot, Grün und vor allem Braun. Stinkbraun, weil das Kochwasser mit Zwiebelschalen und Essig versetzt, nach dem Kochen das Ei mit einer Speckschwarte abgerieben wurde. Der spezielle Osterduft. Später gab es Ostereierfarben, die nicht nur geschmacks- und duftneutral, sondern auch langweilig waren.

25. MÄRZ

Karfreitag. Sehr mildes Osterwetter, Frühlingshauch. Straßencafés, Sonnenbrillen, Jogger, Lust auf ein Weizenbier - das ganze Leben kehrt zurück. Auf dem Feld mit der einsamen Eiche stehen sich zwei Hasen gegenüber, regungslos, auf ihren Hinterläufen. Märzkoller. Der eierlegende Osterhase ist eine Erfindung, deren Ursprung dunkel, wohl aber doch eine kindgerechte Erfindung ist. Jedermann wusste, dass Hühner keine bunten und verzierten Eier legen. Also musste jemand ran, der fruchtbar war, im Frühling in der Nähe von Menschen gesehen wurde, geheimnisvoll. Genau richtig für Kinder, zur Erbauung Erwachsener.

26. MÄRZ

Schaue in den Regengarten und denke ans Meer. Nicht irgendein Meer. Ein südliches, ein sonnenüberflutetes Meer ohne Ufer, mit einem Horizont, der ganz leicht in feinem Nebel versinkt. Glitzernde Wellen mit einer Fächerpalme im Vordergrund, die sanft im Wind spielt. Die Sehnsucht nach dem Meer ist die älteste, die wir haben, als sei diese Sehnsucht Ausdruck der Flucht aus dem Meer, als hätten wir immer noch nicht verstanden, warum wir an Land gegangen sind. Meer ist in uns und wir sind das Meer, das sonnenüberflutete, das gebärende.

27. MÄRZ

Kühler Morgenwind, der leichten Brandgeruch noch schwelender Holzhaufen heranträgt. In diesem Landstrich hat jedes Dorf sein eigenes Osterfeuer. Und tatsächlich kann man sich einer mystischen Anwandlung in Angesicht eines hohen, lodernden Feuers vor einem noch fast vollen Mond nicht erwehren. Man spürt, dass mit dem Feuer der Sieg der Sonne über den Winter gemeint ist, die Jahrtausende alte Erkenntnis, dass ohne Sonne auf der Erde kein Leben möglich wäre. Und kalte Füße, die man sich unweigerlich vom stundenlangen Stehen am Osterfeuer holt.

Sommerzeit: Auf einmal sind auch die Abende wieder hell und lang. Was bleibt von diesem Winter? Ich habe gewartet, ich habe gelebt. Ich habe geträumt, ich habe vergessen. Es gab Schnee, es gab Kälte. Ich lernte, Zeit zu nehmen. Für etwas Anrührendes. Es geschehen zu lassen, sich nicht zu wehren. Ich saß und weinte, tief erschüttert, als Tim Hardin von seinem Baby sang und was werden würde...

Habe gedacht, ich müsste endgültige Worte des Abschieds für diesen Winter finden. Vergangen sind aber nur Tage, wie in jedem anderen Winter. Und, er wird sich wohl noch melden, morgen, später. Einstweilen hängt ein Dunstnebel über dem Land, der sich nicht auflösen möchte. Ein Dunstnebel wie eine Ruhe, in der es keine Bewegung mehr gibt, eine Ruhe, nach der man sich manchmal sehnt.

Wechselhaft. Der April kündigt sich an.

Man muss begreifen, dass alle Wesensarten zu einer Person gehören. Alle. Auch die, die vielleicht mit Abscheu betrachtet werden. Alles ist denkbar. Das muss mich aber nicht daran hindern, mir vorzustellen, wie ich sein könnte. Ich weiß, es gibt keinen idealen Menschen, weil die Vorstellungen von einem idealen Menschen sehr individuell sind. Der ideale Mensch ist ein nicht wünschenswertes Kunstprodukt. Belassen wir es bei der Vorstellung, dass es uns möglich ist, kleine Teile unseres Seins weiterentwickeln zu können. Menschlich sein heißt in diesem Zusammenhang, auch wütend sein zu dürfen, ungerecht, abweisend, herablassend, würdelos, vulgär. Anerkennend, dass ohne dies das andere nicht zu erkennen wäre.

30. MÄRZ

Wieder wärmer. Angenehm.

Glück ist, an einem Sonnentag mit einem wohltemperierten Bier auf einer Terrasse zu sitzen und in einen Garten zu schauen.
Glück ist, bei einem Cappuccino über die Welt zu schwatzen.
Glück ist, bei der Betrachtung einer schönen Erinnerung zu verweilen.
Schöne Erinnerung: Ein Bild, eine Frau, ein Sinn.
Glück ist, nicht mobil sein zu müssen, in der eigenen Höhle bleiben zu können. Unbelästigt.
Glück ist, müde zu sein und das Bett in der Nähe zu wissen.

Jeder Mensch hat sein eigenes Glück.

31. MÄRZ

Manchmal steigen aus der Finsternis helle Gestalten, ohne Gesichter, ohne Namen. Sie tanzen um ein Feuer in seltener Anmut, aber sie bewegen sich nur für kurze Dauer, erstarren und sehen dich an, gleichmütig und freundlich. Es gibt keine Irritationen und Bösartigkeiten, nur den friedvollen Glauben, in einer warmen Seele zu verströmen.

...es wird...

Herausgeber
Tidenhub Verlag OHG E. West & M. Rohde
Winterleben - Tag für Tag: Ein Seh-, Koch- und Lesebuch, Ole West / Wilfried Schulz
ISBN 3-9809026-7-6
Herstellung SKN Druck und Verlag GmbH & Co. KG, Norden
1. Auflage, Oktober 2005